CB072084

Através do vidro

Heloisa Seixas

Através do vidro
Amor e desejo

EDITORA RECORD
RIO DE JANEIRO • SÃO PAULO
2001

Cip-Brasil. Catalogação-na-fonte
Sindicato Nacional dos Editores de Livros, RJ.

S464a Seixas, Heloisa, 1952-
       Através do vidro: amor e desejo / Heloisa
      Seixas. – Rio de Janeiro : Record, 2001
        . — (Amores extremos)

      ISBN 85-01-06082-8

      1. Ficção brasileira. I. Título. II. Série.

                           CDD 869.93
01-0466   CDU 869.0(81)-3

Copyright © 2001 by Heloisa Seixas

Projeto editorial: Veio Libri

Projeto gráfico: Regina Ferraz

Todos os direitos reservados.
Proibida a reprodução, armazenamento ou transmissão de partes deste livro, através de quaisquer meios, sem prévia autorização por escrito.

Direitos exclusivos desta edição reservados pela
DISTRIBUIDORA RECORD DE SERVIÇOS DE IMPRENSA S.A.
Rua Argentina 171 – Rio de Janeiro, RJ – 20921-380 – Tel.: 585-2000

Impresso no Brasil

ISBN 85-01-06082-8

PEDIDOS PELO REEMBOLSO POSTAL
Caixa Postal 23.052
Rio de Janeiro, RJ – 20922-970

1

Ela olhava a tarde, da varanda de seu apartamento, quando aconteceu. Era uma sexta-feira. No prédio antigo, *art déco*, os tubos de ferro na sacada davam-lhe a sensação de estar a bordo de um navio, navegando em algum cruzeiro luxuoso dos anos 40. Sempre que olhava todo aquele mar, o crepúsculo lilás que os últimos bandos de pássaros cruzavam, com sua formação em cunha, voltava a tempos que nunca vivera, a lugares onde jamais estivera. Divagava. Estava assim, respirando fundo, sentindo o cheiro de maresia que se desprendia das pedras lá embaixo, os antebraços pousados sobre os tubos de ferro, quando um alarme cortou seu sonho. Era o som do telefone.

Entrou na sala com um suspiro de impaciência. O marido saíra para a caminhada diária, e ela, que sempre o acompanhava, decidira ficar em casa. Alegara cansaço, mas na verdade estava tomada pelo desejo de ficar só, só com o crepúsculo e o mar, como lhe acontecia às vezes. Nessas horas, silêncio era matéria fundamental. Sequer ligava o som. Queria apenas o murmúrio das ondas ao longe, o piar metálico de um ou outro pássaro. Mais nada. O som do telefone era uma ferida na superfície do silêncio tão desejado.

Encostou a ponta dos dedos no fone sem erguê-lo, torcendo para que parasse de tocar no último instante, os lábios trancados num ricto de contrariedade. Mas ele tocou outra vez. Atendeu.

— Alô.

Um ruído indistinto. Silêncio.

— Alô — repetiu.

— Você está sozinha?

A pergunta, assim de chofre, desconcertou-a. Num inexplicável impulso, respondeu:

— Estou.

Passaram-se ainda alguns segundos até que se refizesse do susto e formulasse a pergunta óbvia, que deveria ter sido feita antes de qualquer resposta.

— Quem é?

Do outro lado, de novo um som vago, semelhante ao primeiro. Como se alguém vacilasse.

— Quem está falando? — insistiu, já disposta a desligar.

Então ouviu o nome.

— Quem?

Mais uma vez, o nome.

Um nome antigo, muito antigo. Saído de velhas sagas romanas, com forma, cheiro e cor de passado, que lhe entrou pelos ouvidos num doce gorgolejar, desceu pelas paredes internas da garganta e, depois de explodir no centro do plexo solar, espalhou-se por sua corrente sangüínea. Só então, quando a sensação do nome já lhe impregnava o sangue, foi que a mulher pôde compreender. Só então, franzindo a testa, percebeu quem estava do outro lado da linha. E seu cérebro, afinal registrando a mensagem, falou-lhe de um tempo que ela julgava morto, de alguém que conhecera quando era pouco mais do que uma criança, uma paixão fugaz cujas marcas, camufladas por seu corpo, afloravam agora num jato, maculando seu cotidiano — sem aviso.

Caminhou com o telefone até a varanda e sentou-se, o coração em frenesi. Intuía, desde o primeiro instante, que aquela voz lhe trazia um perigo, que seu tom guardava um poder desconhecido. Murmurou qualquer coisa banal. Sua própria voz lhe soou falsa, a frase recheada de clichês. O nome tão antigo que fora pronunciado parecia anestesiar-lhe o cérebro de repente, enquanto o coração tomava as rédeas, expandindo-se, dilatando-se, martelando seu corpo em vários flancos, as têmporas, a garganta, o sexo.

Mas a voz do outro lado exibia determinação:

— É verdade. São muitos anos, sim.

Uma voz segura, encorpada, tão diferente da que conhecera.

— E como foi que você me descobriu? — perguntou ela, um pouco vacilante.

— Vi sua foto no jornal, numa entrevista. Foi quando fiquei sabendo que é escritora. Você mudou muito pouco. Só o sobrenome era outro, e foi esse que eu procurei no catálogo.

— É, eu me casei.

— Eu também.

Silêncio.

— Duas vezes. Mas agora estou separado.

Silêncio.

— Estou ligando por causa de uma coisa que você disse na entrevista.

— Eu? — perguntou, sentindo-se imediatamente tola.

— É. Você estava comentando um de seus contos com a repórter e citou uma frase. Uma coisa que você própria tinha escrito.

— E que frase é essa? — perguntou devagar, apertando o bocal do telefone.

— *O silêncio é a soma de todas as palavras de amor.*

Os nós dos dedos da mulher, sobre o bocal, estavam brancos. Nenhum dos dois disse nada durante alguns segundos, segundos imensos, elásticos, que pareceram distorcidos por um espelho de parque de diversões. Até que ele voltou a falar:

— Desde então, essa frase está martelando na minha cabeça, dia e noite. Não consegui pensar em mais nada. Virou uma obsessão. E não sosseguei enquanto não descobri você.

Com o bocal cada vez mais apertado entre os dedos, a mulher continuava muda. Mas, quase sem perceber, sorria.

— E agora estou ligando para lhe fazer um convite — continuou ele.

— Convite?

Sentiu-se mais tola ainda, ecoando palavras, sem saber o que dizer. Mas a voz dele continuava, agora numa torrente. Havia doçura em seu tom, mas também firmeza. A voz explicava, dava razões. Ele falava como se cada sílaba fosse fruto de uma longa maturação, vinho, veneno e perfume que se infiltravam no sangue dela, enquanto ouvia calada.

Ele não podia esquecer o que acontecera entre eles, dizia — nunca pudera. Talvez por isso tivesse gasto a vida em procuras, porque, no fundo, o que buscava era uma menina presa a um tempo morto, petrificada pela lembrança. Vivera todo o tempo impregnado por aquele fascínio, revisitando ao longo da vida, quase sem perceber, o passado perdido. Amara muitas mulheres, mas era como se procurasse em todas aquela menina distante. A frase dela sobre o silêncio abrira nele uma fenda, fazendo correr sensações como água de uma pedra — a princípio um filete, mas logo um rio —, e agora ele não podia mais. Tinha de revê-la. Estava ali à espera e queria que ela soubesse disso.

Ela não precisava ter pressa, continuou. Nem dar a resposta logo. Só ficasse com seus telefones. E ligasse no instante em que tomasse a decisão. Ele mandaria a passagem, imediatamente. Iria buscá-la no aeroporto e de lá seguiriam para um lugar de sonho, só os dois, por um fim de semana, não mais do que dois ou três dias, com todo o sigilo e cuidado, com toda a delicadeza, porque ele não queria de forma alguma causar-lhe problemas. Imaginava, pelo pouco que sabia, que ela era feliz no casamento e não iria, em absoluto, criar-lhe embaraços. Apenas precisava estar com ela, para que se olhassem, se tocassem, ainda que fosse só por uma vez, mesmo que fosse apenas uma forma de inundar de real aquela fantasia, para que, encharcada, ela não mais flutuasse dentro dele — e parasse de enlouquecê-lo aos poucos.

A mulher ouvia aquilo num torpor. As nuvens do horizonte pareciam ter penetrado em seus olhos, carregando-a para muito longe dali, para um tempo esquecido de sua juventude, quase meninice, quando começara a aprender o significado do proibido e do prazer. Lembrava-se bem dele, desse espectro do passado que agora, materializado, lhe acenava com tentações e delícias. Era o filho de um casal amigo de seus pais. Convivera com ele por boa parte da infância e da adolescência, as duas famílias passando fins de semana e férias juntas. Era um menino magro e tímido, de rosto fino e cabelos anelados, muito negros. Fumava escondido e tinha as pontas dos dedos amareladas de nicotina, dedos que não combinavam com seu corpo quase infantil. Mãos de homem. Mãos que a tocaram, sôfregas, quando a paixão explodiu sem aviso, enchendo suas bocas de um gosto acre, quase desesperado, porque sabiam que a separação estava próxima. Os pais dela tinham sido transferidos, e ela iria embora, morar em outra cidade, outro estado. Fora talvez a iminência do adeus que rompera as amarras e deixara escapar o desejo, até então reprimido. Mas então era tarde. Não havia mais tempo. Mãos de homem. Mãos de menino, que um dia acenaram diante da janela de um carro — para nunca mais, pensavam. Só que agora o nunca mais tinha chegado.

Ao depor o fone no gancho, os olhos fixos no horizonte, os lábios da mulher traziam um sorriso selvagem, semelhante ao que alguns condenados exibem na hora da morte. Tinha um toque de escárnio e vingança, a marca de um desafio. Por mais que seu corpo estremecesse, sacudido por emoções contraditórias, por mais que o vazio escavado no estômago pelo medo lutasse para sobrepujar as loucas pulsações do sexo, havia, desde já, em sua mente, uma certeza — a de que não poderia fugir.

Caminhou de volta para a varanda e apoiou-se outra vez na balaustrada de ferro. O dia morria, de repente. As ilhas, azuladas, já quase desapareciam em meio à massa escura do mar. Apenas a luz do farol brilhava, mostrando que elas estavam lá. Mais ao longe, os morros também começavam a se dissolver em nuvens negras, já não sendo possível dizer com precisão onde estava a linha de seus perfis. Era a hora agonizante, em que os temores ancestrais da escuridão descem sobre cada um de nós, atiçando memórias que nos ficaram impregnadas nos genes desde o início dos tempos. A mulher compreendia tudo muito bem. Aquele cenário não podia mentir. A morte dos dias, que observava da varanda sobre o mar, contava-lhe a história de sua própria morte. Cada anoitecer era um dia a menos. Não tinha por que se enganar. Sentia a passagem do tempo na pele, nos pés, no brilho do olhar quando se encarava no espelho. Já não sangrava com a mesma regularidade, toda ela começava a murchar. Cremes, líquidos, poções. Agulhadas, massagens, choques, exercícios. A luta para tentar deter a passagem do tempo — inútil, porém. Seu corpo lhe dava adeus, todos os dias.

Como, então, recusar?

Era sua última chance.

Sentou-se outra vez na cadeira de vime, esticando as pernas. Tinha de admitir que também o desejara em segredo, a vida inteira. Sempre se perguntara como teria sido, se tivessem deixado acontecer. Por que não acontecera? Ela queria. Ele é que ficara com medo. Mas ela nunca esquecera. E, ao longo dos anos, muitas vezes flagrava-se pensando na injustiça que seria morrer sem nunca ter feito amor com ele. Isso era algo devido a ela, a ambos, algo que a vida lhes negara.

Nos dias assustados que antecederam a partida, os dois adolescentes olhavam-se nos olhos, entre beijos, sem saber o que dizer. Não fizeram amor, mas naquelas loucas batalhas ele conseguira um feito: dera-lhe prazer. Com ele, ela vivera a suprema vertigem, pela primeira vez. E embora ao se separarem seu corpo continuasse virgem, a verdade é que ele fizera dela uma mulher. Fora seu primeiro homem. Guardava dentro de si a memória do toque preciso, mãos, braços, boca percorrendo-a sem pressa, num encaixe perfeito. Era pouco mais que um menino, mas já parecia tão sábio nas coisas do amor.

Como estaria agora?

Precisava ir. Em nome da menina que tinha sido um dia, em nome do corpo rijo em cujas veias correra um sangue quente e limpo. E em nome dele também, daquele rapaz de ar indefeso, infantil, em cujos olhos ela vislumbrara um homem. Precisava ir.

Esfregou as mãos nos braços, pondo-se de pé. Encostou-se à porta de vidro que dava para a sala, enquanto a noite descia lentamente, trazendo o ar frio do mar, com seu cheiro de sargaço. E sorriu, sentindo-se subitamente forte, imensa.

Traçaria um plano, tomaria todos os cuidados — mas iria. Não tinha o direito de fugir àquela última aventura, pensou.

Como escapar de um desejo que sobrevivera alimentando-se apenas de si mesmo, vencendo o silêncio após tanto tempo? Não. Ninguém tem o direito de fugir a uma fantasia que durou trinta anos.

2

Estendeu a mão e tocou devagar a superfície do banco do carro. Sua palma trilhou o acolchoado macio, sentindo-lhe a trama, cada mínima saliência e reentrância, como se a pele tivesse ganho novos sensores, de precisão e alcance sobrenaturais. No rosto, vibravam-lhe as terminações nervosas, os poros, os cílios, tudo estremecendo ante o ar da manhã, que o sol mal aquecia.

Pedira ao motorista do táxi que não ligasse o arrefrigerado. O dia amanhecera limpo e fresco. Não havia nuvens, só luz. A luz de um quadro de Hopper. Na areia, as primeiras barracas eram pontos coloridos cujas sombras se espreguiçavam, deitadas. Por longos trechos, não havia ninguém caminhando na orla, e o chão de pedras portuguesas, assim intocado, seguia em vão rumo ao infinito. À direita, o mar recebia o sol ainda oblíquo, e seu verde era de um tom um pouco acima do das cadeias de montanhas, ao fundo.

Virou-se e olhou na direção dos prédios, a maioria ainda envolta em penumbra. Apesar da sombra, enxergava cada detalhe das fachadas, cada vidro e esquadria, cada janela ou varanda, com seus vasos de plantas. Seus olhos, como o tato, tinham agora um poder sobre-humano. Ela enxergava coisas que nunca tinha visto antes. No último andar de um prédio, viu uma menina vestida de branco, debruçada no parapeito, e deu-lhe adeus, sem saber por quê.

De repente, o carro foi tragado pelo túnel. E ela fechou os olhos, entregando-se. O ar ali era mais frio, quase cortante, como se filetes d'água brotassem das paredes que o sol jamais alcançava. Por alguns segundos, saboreou a umidade, sentindo nos braços e nos seios um arrepio. O automóvel desembocou na luz, mas ela manteve os olhos fechados ainda por um instante. Quando finalmente os abriu, a enseada estampou-se em seu rosto com a força de um tapa. Para ela, para seu espírito inquieto e seus sentidos aguçados, era quase impossível suportar uma beleza assim. A praia, recortada em meia-lua, guardava o mar em seu regaço, envolvendo-o, acalmando-o, aplacando-lhe as ondas, fazendo dele uma lagoa mansa onde os barcos repousavam, adormecidos. O silêncio estava em tudo. Até a luz ali era mais branda, mais tímida, porque o dia em seu caminhar ainda não chegara de todo à enseada cercada de montanhas. Apenas nas pontas de alguns mastros cintilavam os primeiros raios de sol, fazendo com que houvesse entre eles um código mudo, um entendimento.

A mulher olhou aquilo e tornou a acariciar o assento do carro, com um sorriso. *Um barco*. Talvez houvesse um barco no lugar de sonho para onde estava indo.

CHEGOU O ROSTO PARA PERTO DO VIDRO, quase encostando-o na janela, e olhou a paisagem lá fora. O céu era de um azul que ardia os olhos, tendo ao fundo um chão de nuvens. Estas formavam um forro compacto tão liso e homogêneo, que ela se perguntou como o avião fora capaz de furar aquela massa. Imaginou a superfície de aço rasgando o ar, penetrando as paredes etéreas feitas de gotículas condensadas. As nuvens tinham acolhido em sua umidade aquele corpo estranho, reagindo a ele ora com doçura, ora com rancor. Houve momentos em que o avião deslizou por um mundo branco, vencendo-o com a suavidade e a firmeza de um pássaro. E outros em que as nuvens se rebelaram, condensando-se ainda mais, fazendo a fuselagem trepidar. E o avião rugira, na agonia da penetração. Agora, não. Agora tudo estava quieto. O avião rompera o cerco e flanava no azul, enquanto as nuvens, lá embaixo, pareciam o corpo de uma mulher adormecida, depois do amor.

A mulher sorriu diante dessa imagem, voltando a recostar-se no assento. Mas não estava relaxada, ao contrário. Trepidava ela própria, como o avião fizera havia pouco, trepidava por dentro, as carnes trêmulas na antecipação do encontro. Seu estômago parecia preso à glote, o espaço deixado por ele na concavidade entre as costelas era uma caverna fria, onde voejavam morcegos. Tinha a garganta seca, quase podia ouvir o pulsar do sangue nas veias. Era toda ela uma nuvem carregada de eletricidade, pejada de chuva, ameaçando desabar em forma de temporal. Precisava deixar escoar um pouco daquela energia que a consumia. Tinha vontade de gritar e temia que sua inquietação transparecesse, pudesse ser notada por qualquer um que a observasse.

Olhou para o lado. O avião estava quase vazio naquele trecho. Os assentos de espaldar largo, exclusivista, guardavam seus ocupantes com egoísmo, protegendo-os. Se ela estivesse viajando com um homem, talvez até pudessem fazer amor sem ser notados. Sentiu-se incendiar ao pensar nisso. Tornou a pegar o jornal que deixara largado no assento vazio a seu lado, tentando distrair-se. Mas seus olhos pousaram numa página de ciência que trazia uma reportagem sobre a química da paixão. Falava das áreas do cérebro afetadas pela febre do amor e de como os cientistas vinham tentando estabelecer os pontos exatos onde a paixão se imprime. Hipotálamo, tronco cerebral, córtex visual, córtices pré-frontais, *striatum*. Palavras pouco conhecidas que se misturavam à descrição de sensações — euforia, palpitações, suores, boca seca, frio no estômago. Ela era o retrato daquela revolução química.

Suspirou, pondo o jornal de volta no assento. E virou-se de lado, apoiando o rosto na mão para mirar mais uma vez as nuvens. Ao virar-se, sua mão direita deslizou quase sem querer para o espaço entre as coxas, expostas pela saia curta. A pele fervia. Quase assustou-se ao sentir o calor que dali emanava. *Não posso mais.* Fechou os olhos, deglutindo com dificuldade. Precisava deixar fluir um pouco daquela sede de loucura, soltar os raios, descarregar a água que já lhe inundava o ventre. *Não posso esperar.*

E, lentamente, sua mão correu o espaço mínimo entre as pernas, mergulhando nas nuvens de temporal.

A MULHER OLHOU PARA OS PRÓPRIOS PÉS. Viu quando eles tocaram o chão do barco, que oscilou um pouco mas em seguida acalmou-se. E ela sorriu, nervosa. Sentia-se infantil, tinha medo de não saber o que dizer. Ainda não podia crer que estivesse ali.

Ele, ao contrário, estava tranqüilo. Estivera um pouco cerimonioso no aeroporto e no caminho para a marina, mas agora parecia tão seguro, que isso quase a aterrorizava. Achou-o elegante, vestido numa bermuda larga, azul-marinho, com tênis sem cadarço e camisa pólo. E mais alto também. O menino franzino se transformara num homem maduro e forte, de músculos rígidos e pele queimada de sol, contrastando com os cabelos grisalhos. A barba, bem aparada, era quase branca, mas abaixo das sobrancelhas, também grisalhas, brilhavam os mesmos olhos castanhos de antigamente, emoldurados pelos mais longos cílios que ela jamais vira num homem. Aqueles olhos femininos suavizavam o rosto fino e sulcado, cuja boca, rasgada, de dentes largos, se abria imensamente quando ele sorria.

Segurando-lhe a mão, o homem levou-a até um banco lateral, recoberto por um acolchoado de listras brancas e azuis, e fez com que se sentasse. Depois sorriu. Mas foi ela quem quebrou o silêncio.

— É muito longe?

— Não. Pouco mais de meia hora e estamos lá. Podemos sair logo, se você quiser. Ou prefere esperar um pouco?

— Acho melhor ir logo.

— É melhor mesmo. Assim, aproveitamos o sol da tarde.

E, entrando na cabine, ele começou a mexer nos instrumentos do painel. Fazia tudo com desenvoltura, dono de seu território. O barco estremeceu quando ele acionou o motor, entrando em movimento. Era uma lancha não muito grande, com uma cabine coberta, envidraçada, em cujo topo estava atado um bote de borracha. A popa era espaçosa, com bancos laterais acolchoados e uma pequena mesa em meia-lua fixa no centro. A proa, que dali de trás ela via através do vidro da cabine, tinha um espaço horizontal para se tomar sol, coberto de um emborrachado antiderrapante.

A borracha deve estar quente, pensou a mulher. Quase podia sentir nas costas sua textura, como se já estivesse estendida ali. Poderia tirar a roupa e ir, nua, deitar-se naquele leito, sentir na pele os respingos da água salgada e esperar, de olhos fechados, que ele se aproximasse.

— Você quer uma cerveja?

A voz dele a assustou. Olhou-o, sem graça.

— Eu...

— Tenho champanhe também.

Sentiu o rosto em fogo. Não achava as palavras. Mas o homem veio em seu socorro:

— Acho que, com esse calor, é melhor começarmos com uma coisa mais leve. Você me acompanha, então, numa cerveja? Está bem gelada.

— Acompanho — respondeu, afinal.

Ele mexeu em alguma coisa no painel, diminuindo a marcha do barco para ir pegar a bebida. Mas ela se levantou.

— Se você me disser onde está, eu pego.

— A geladeira fica aqui atrás.

Ela foi até o fundo da cabine, atrás do painel de controle, e abriu a geladeira embutida, tirando as latas de cerveja holandesa. Reparou que havia duas garrafas de champanhe e outras quatro de vinho branco.

— Essa outra porta é a do armário dos copos — disse ele.

Ela abriu o armário, onde os copos estavam presos pela base a uma espécie de estrado de madeira. Tirou dois, com cuidado. Eram copos de vidro grosso e tinham o fundo pesado, talvez para resistir às oscilações do barco.

Depôs os copos vazios sobre a mesinha em meia-lua, abrindo as latas, enquanto observava a cabine, à sua volta. Era tudo simples, mas arrumado com extremo bom gosto. Havia vários outros compartimentos semelhantes ao armário de copos, que ela imaginou servissem para guardar pratos, talheres, suprimentos. E, de um dos lados, sobre um pequeno sofá branco de lona, estava uma pilha de toalhas listradas de branco e azul, como o banco da popa. Assim que encheu os copos de cerveja, entregou um a ele.

No gesto, suas mãos se tocaram, muito de leve.

Ele agradeceu, deu um gole, arriou o copo num suporte e voltou-se para o painel da lancha. Mas aquele roçar de mãos pareceu ter ficado no ar, pairando. Pouco depois, ele mexeu em alguma coisa e o motor se calou.

Ela encostou-se à parede de fibra, sentindo-lhe o calor. E esperou, enquanto o barco diminuía a marcha — a fenda de espuma no mar cada vez menor — até parar de todo.

Só então ele se aproximou dela, tocando-lhe a ponta dos cabelos ruivos, cortados retos, rente ao queixo. A mulher sorriu, mas baixou os olhos, e o homem ergueu-lhe o rosto com a ponta dos dedos. Mas, antes que fizesse qualquer outro gesto, ela disse:

— Ainda preciso de um tempo — sua voz vacilava. — Um tempo para me acostumar à idéia de que estou aqui.

Ele fez que sim com a cabeça, mudo. E apresentou as duas mãos, juntas, com as palmas para cima, diante dela.

— Está vendo? — perguntou.

Ela o olhou, sem compreender. Ele esticou ainda mais os dedos. A pele da palma brilhava.

— Foi um poeta que escreveu, mas não me lembro qual.

Ela aguardou, a respiração suspensa. E ele concluiu:

— Com as mãos ladrilhadas de paciência, eu espero.

As MÃOS AFUNDARAM nas postas, desaparecendo entre os nacos de carne cor-de-rosa, erguendo-as, revirando-as, batendo-as, fazendo com que nelas se entranhassem as gotas de sumo, os pequenos gomos perdendo-se no universo tenro e rosado, como grãos na semeadura. Ante aquele toque, a umidade cresceu, espraiou-se, e as postas pareceram de repente banhadas no sal do mar, do suor ou da lágrima. E das carnes úmidas subiram eflúvios marinhos, cheiros que sabiam a velhos barcos de pesca, a galeões naufragados, a emaranhados de redes, a crepúsculos e auroras.

— Você gosta assim?

— Gosto.

— Acho que já está bom.

Ela concordou, sorrindo.

— Não podia imaginar que você soubesse cozinhar.

Ele devolveu o sorriso, sem parar de temperar as postas de peixe. Depois, deixando-as na vasilha, jogou no latão as metades espremidas de limão e lavou as mãos. Concentrou-se, então, no braseiro. Era preciso avivar o fogo antes de colocar as postas sobre a grade de metal.

A mulher acompanhava tudo, de pé, encostada ao balcão feito de madeira tosca, de demolição. Seus dedos nervosos corriam a superfície da saída de praia, um vestido comprido, de malha muito fina, de cor turquesa, que ela usava sobre o biquíni estampado. Estava descalça, os pés bem-feitos plantados no chão de lajotas do quiosque onde se encontravam. De vez em quando, seus olhos saltavam para a paisagem em torno, onde quase não havia rastro da presença humana. Estavam numa ilha, diante de uma baía de águas calmas, tendo à frente uma faixa de areia, que o sol escaldava, e atrás a mata fechada. A casa, que ficava à direita, fora construída em meio às árvores, e quem olhasse da praia, não via sinal dela. Não fosse pelo deque de madeira que se estendia mar adentro, onde estava atracado o barco, e se poderia pensar que o quiosque, com sua cobertura de sapê, era uma oca perdida em alguma terra selvagem.

— Você já conhecia esta região? — perguntou ele, de repente.

— Não — respondeu a mulher. — Só tinha visto em fotografias. Mas é ainda mais bonita do que eu poderia imaginar. É incrível que esteja ainda assim, tão... intocada.

Intocada.

— É que as terras aqui pertencem a poucos proprietários. Assim, fica mais fácil preservar. Eu mesmo comprei toda essa ponta de baía há quase vinte anos e nunca tive coragem de construir nada, além da casa. Mesmo ali, toda a parte desmatada foi replantada, com árvores nativas da região.

— É, eu notei que, chegando de barco, mal se vê a casa no meio da mata.

— É verdade. Toda essa ponta da ilha, até depois da curva, do outro lado, foi mantida assim. Não há nem picadas na mata. Está cheia de pequenas praias, cercadas de rochedos, lindas, lindas. Mas a única maneira de se chegar é de barco. Se você quiser, amanhã damos um passeio até lá.

— Quero, sim.

Amanhã. Amanhã já teriam passado uma noite juntos. E ela não sabia sequer se devia mesmo estar ali.

Enquanto conversavam, o homem botava as postas de peixe para assar no braseiro, pincelando-as de vez em quando com um molho à base de azeite e usando para isso um raminho de alecrim. Diante deles, no centro do quiosque, a mesa para o almoço já estava posta, embora não houvesse qualquer empregado à vista. Era uma mesa retangular, de pés toscos como a madeira do balcão onde ele temperara os peixes, coberta por uma toalha rústica, de chita florida, amarrada nas quinas em vistosos nós. Sobre ela, estavam pratos de cerâmica azul e copos de vidro, levemente azulados, com a base pesada, semelhantes aos que a mulher vira no barco.

Durante a chegada, o homem tinha sido muito discreto, em nenhum momento tentando qualquer aproximação. Mostrara-lhe o quarto, deixando a maleta dela dentro do guarda-roupa e saindo, depois de fechar a porta devagar. Ela se vira sozinha num quarto de sonho, onde quase tudo era branco. O teto rebaixado, forrado de ripas, a cama de dossel muito antiga, com colchas de bordado inglês, o cortinado de filó rendado que caía até o chão, onde um tapete felpudo e oval contrastava com as tábuas corridas.

Na parede em frente à cama, havia uma velha penteadeira, com seu espelho manchado, em cujo tampo de mármore repousavam uma bacia e um jarro, com um arranjo de pitangas e flores miúdas, com certeza colhidas na mata.

    Ela trocara de roupa e viera ter com ele no quiosque, onde o encontrara começando a preparar o almoço. Agora, o aroma das postas assadas subia junto com a fumaça, impregnando o ar, penetrando as narinas da mulher e desaguando na saliva que se formava em sua boca. Olhou outra vez para o homem. Ele trocara a camisa pólo por uma camiseta larga, cuja malha deixava entrever o calção de banho, escuro. Tirara a bermuda, mas continuava com o tênis sem cadarço. Suas pernas eram mais musculosas do que ela esperava, recobertas por uma penugem que se tornava mais densa em algumas áreas. A mulher engoliu a saliva que lhe inundara a boca e afastou-se do balcão, segurando o copo vazio.

    — Quer mais vinho? — perguntou ele.

    — Quero. Mas pode deixar que eu pego — respondeu ela, caminhando em direção à grande caixa de gelo onde estavam mergulhadas as garrafas de bebida. Ao andar, sentiu que o vinho começava a amaciar-lhe pernas e braços.

Mergulhou as mãos na caixa e retirou a garrafa já aberta. Serviu-se, e depois, indo até onde ele estava, encheu-lhe o copo, onde ainda havia dois dedos de vinho. Dando mais um gole, aproximou-se do braseiro para espiar como estava o peixe e sentiu no rosto o calor do fogo. O delicado cordão de ouro que trazia no pescoço transformou-se num segundo em matéria quente, quase como se a ponto de liquefazer-se. Suas pernas também. A qualquer momento se fundiriam no chão, cedendo ao calor das brasas e do vinho.

— Vou dar um mergulho — disse, numa decisão súbita.

Ele sorriu.

— Vá. A água aqui é sempre morna. Você vai ver que delícia.

E ela se afastou, sem se virar, depois de pousar o copo, ainda com um resto de vinho, no balcão.

Saiu da sombra do quiosque e pisou na areia quente, o sol caindo sobre ela de chofre, ouro, brasa e calor sendo agora, definitivamente, parte de seu corpo. Resistiu até o último metro de praia sem tirar o vestido de malha, fazendo-o só quando seus pés já tocavam a água. E atirou-se àquele abraço líquido e morno, sentindo cravados nas costas os olhos do homem.

Nadou e nadou, sem se afastar muito da margem. Dava pequenas braçadas e boiava um pouco, de olhos fechados, sentindo o calor seco que se despejava em sua pele acima da tona, em contraste com a tepidez da massa líquida que a envolvia da superfície para baixo. Depois, virando-se de costas para a praia, observou o mar, estendendo-se até perder-se no horizonte, as ondas partindo o sol em pedaços tremeluzentes. Teve vontade de tirar o biquíni e nadar nua naquela imensidão de água e luz, mas não o fez. Embora sentisse que suas resistências se esfacelavam, algo a retinha, ainda. Estava diante de um estranho. Não se viam há trinta anos. A caminho da ilha, tinham conversado um pouco, mas nada sabiam um do outro. Quem era aquele homem?

Mas logo a carícia do mar em sua pele a fez esquecer-se de tudo, e, como uma água-viva, ela deixou-se levar pelas pequenas ondas.

Estava refeita e relaxada quando, algum tempo depois, saiu do mar. Apanhando na areia a saída de praia, caminhou em direção ao deque onde o barco estava atracado. Foi até a ponta e deitou-se na madeira, de rosto para o sol, para secar-se.

Os raios que penetraram através de suas pálpebras fechadas formaram os mais loucos arabescos, e as gotículas d'água, que lhe escorreram pelas laterais do rosto e do corpo, fizeram um caminho de cócegas antes de desaparecer na madeira quente. Ainda sentia o efeito do vinho nas veias. Era bom estar ali. Seu corpo repousava, porém em alerta, recebendo por cada poro as partículas de prazer.

Mas, de repente, o sol desapareceu.

Ela piscou os olhos, protegendo-os com a mão em concha, tentando detectar a nuvem intrusa que pudesse estar interpondo-se entre ela e o sol. Mas o que encontrou foi o homem. Diante dela, de pé.

Não percebera sua aproximação. Nem a mais ínfima vibração da madeira avisara-a de que chegava. Estava ali — era tudo. Quieto, à espera. À espera, talvez, de um gesto seu.

E ela estendeu a mão.

Um corpo deslocou-se no espaço, não mais eclipsando o sol, e a mulher viu explodir acima de seu rosto uma tempestade de luz. Fechou novamente os olhos, sentindo-se levar outra vez pela vertigem dos arabescos, espirais, raios, pequenos pontos cintilantes que se moveram num céu de fogo, crescendo e girando em sua louca dança, até que o pequeno apocalipse materializou-se no calor de um corpo que a tocava, num hálito morno que soprava sobre seu rosto. E ela abriu os olhos, apenas para mergulhar naqueles dois pontos escuros, agora tão próximos, sombreados pelos mais longos cílios que jamais vira.

Tentou falar, mas a fenda em sua boca foi um flanco a mais. Os lábios dele, seus imensos lábios rasgados, de dentes fortes, pousaram sobre os dela, a princípio devagar, mas logo pressionando cada vez mais, até que a fenda se fez caverna e as línguas se tocaram, um toque exato, de perfeita fundição, libertando de um só jato a memória do beijo adolescente e desesperado, cuja seiva, mágico fermento, se misturou à saliva dos amantes, tornando real o que fora fantasia durante tantos anos.

As mãos afundaram na carne morena, desaparecendo entre as coxas de penugem alourada, onde mínimos fios refletiam os raios de sol, erguendo-as, revirando-as, explorando-lhes a secreta reentrância, onde batia um pequeno coração, gomo tenro e rosado que tinha o poder de anular o universo. Ante aquele toque, a umidade cresceu, espraiou-se, e as paredes pareceram de repente banhadas no sal do mar, do suor ou da lágrima. E das carnes úmidas subiram eflúvios marinhos, cheiros que sabiam a velhos barcos de pesca, a galeões naufragados, a emaranhados de redes, a crepúsculos e auroras.

A mulher sentia nas costas o calor da madeira, leito e complemento de seu sonho, de todos os sonhos. E, em torno dela, o homem. Todo ele a abraçava e envolvia, crescendo com seus tentáculos de movimentos precisos, a boca como uma ventosa que sugava sem dor, colando-se em sua carne para não deixar espaços. Perdida naquele beijo, ela se desfazia. Tudo desaparecera. O calor do chão às suas costas era o único contato com o mundo, ainda, o ponto que a sustentava na superfície da terra, antes de mergulhar no espaço.

E, no entanto, se seus olhos estavam toldados para o mundo, se seus sentidos viviam todos para o alerta daquele toque, tão longamente esperado, havia em sua mente uma estranha lucidez, que a fazia ver, com frieza surpreendente, cada mínimo movimento do embate. Essa visão sobrenatural dava-lhe a capacidade de analisar os movimentos, quase como se assistisse a tudo pairando no ar, acima daqueles dois corpos que se abraçavam, na ilha deserta.

Via as costas do homem, deitado sobre ela, as espáduas abertas, encobrindo-a, as pernas musculosas entrelaçadas às suas, nelas misturando-se. A cabeça de cabelos grisalhos movendo-se para sorvê-la, num ondear calmo e compassado. Via a si própria, seus braços percorrendo, ávidos, as costas recobertas de pêlos, descendo das omoplatas em direção à cintura, ali cravando-se em busca de socorro. Via pedaços de seu próprio corpo, quase despido, despontando por trás da pele do homem, como um sol que nasce. Via o chão de madeira, com suas ripas bem polidas, pregadas lado a lado, entrando pelo mar. Via o próprio mar, de ondas aplacadas, e o sol que nele se despejava, fazendo cintilar o casco branco do barco, que repousava, adormecido. E via sobretudo as mãos, aquelas mãos que a tocavam como ela jamais fora tocada.

O homem era um sábio. Ela não se enganara. Singrava seu corpo a um só tempo com delicadeza e força, lábios e mãos agindo como se pertencessem a um ser andrógino, homem e mulher. As mãos viris, de dedos rudes e palma áspera, deslizavam com vigor sobre a pele, como só um homem é capaz de ousar, mas, nesse deslizar, desvendavam segredos que apenas às mulheres é dado conhecer. As pontas daqueles dedos tinham em seus sensores uma memória feminina, que ela já pressentira muitos anos antes, ao ser tocada pelo menino apaixonado, quando estava prestes a ir embora para sempre. Eram mãos que sabiam buscar. Mãos que encontravam o lugar exato e, com pressão precisa, despertavam na pele, nos nervos e músculos um desejo até então desconhecido — sequer sonhado. Ombros, nuca, mamilos, colo, as curvas do ventre, a cintura — uma a uma, as regiões de carne iam despertando, como se sobre elas se abrisse um sol encantado, ante o qual todos os solos se umedeciam, todas as flores desabrochavam.

E se as mãos eram sábias, mais ainda era a boca. A boca abria-se na medida exata, sem ferir ou recuar, irmanando-se aos lábios que a recebiam até tornar-se parte deles, língua fundindo-se em língua, uma só mucosa e uma só saliva. Sorvendo-se um ao outro, homem e mulher se reconheciam, encontravam uma vez mais as crianças assustadas que tinham sido um dia, cavalgavam acima do tempo e do espaço, experimentando esse maravilhoso pavor que é sentir-se vivo.

Enquanto isso, enquanto o beijo fazia o tempo recuar, as mãos seguiam em sua caminhada. Agora, ao alcançar as coxas, elas se tinham tornado ainda mais virtuosas. Depois de deslizar com suavidade sobre os pêlos dourados, depois de explorar a carne com um toque viril, quase atormentado, chegavam a um instante de síntese, despertando, com seu poder andrógino, as porções masculina e feminina que se escondiam também sob a pele da mulher. Submissa e voluntariosa, senhora e escrava, ela própria foi então quem tomou as rédeas e, cravando as mãos na nuca do homem, conduziu seu beijo para uma nova arena.

Ele obedeceu.

Deslizou pelo ventre, subindo montes e contornando lagos, até atravessar a mata, onde penetrou, sem vacilar. A terra prometida. Era seu aquele território. Fora o primeiro a desbravá-lo um dia — e ali deixara cravados sua bandeira, seus sinais. Reconhecia agora cada palmo trilhado, cada reentrância sombria, cada cheiro e sabor. Seus frutos silvestres, o húmus da terra, onde queria, um dia, desaparecer. Como um velho índio, era ali que devia ser enterrado, reintegrando-se ao solo que o encantara e ao qual se daria em troca, como adubo e raiz.

Foi com fervor sacro que se prostrou diante daquelas paredes úmidas, foi com reverência que bebeu seus líquidos, afastando com as mãos as folhagens e enterrando o rosto na nascente, para saciar a sede, lenta e docemente. E foi como o herói de um conto ancestral que viu as paredes estremecerem e se abrirem, fazendo surgir, plantada sobre um altar, a pedra sagrada — a qual tomou nas mãos.

Tocada a pedra, tudo desapareceu.

A mulher arqueou-se. Todo o seu corpo vibrou no ritmo dos quadris, e ela se desprendeu, perigosamente. O chão de madeira, o ponto de calor às suas costas — único contato com a terra —, se desfez, num átimo. E, livre, ela mergulhou. Despencou no espaço, riscou o infinito, seu corpo celeste movendo-se em louca espiral em meio aos rastros de planetas e estrelas, que passaram diante de seus olhos como chispas, um arremedo de luz.

Agora, sentia outra vez o contato, o calor. Não mais da madeira, mas do piso de borracha. O mesmo piso escuro que vislumbrara da popa assim que o barco zarpara, imaginando-se, já, nua e livre diante das águas, recebendo na pele as gotas de mar, à espera do abraço. Era ali que estava, outra vez. No barco.

Erguendo um pouco a cabeça, olhou em torno e viu apenas água, por toda parte. Estavam em alto-mar. Um mar verde-escuro, de ondas cheias, ondas dissimuladas, que não se abriam em espuma, parecendo guardar segredos sob suas cristas fechadas. E era em horas tardias que singravam águas tão traiçoeiras. O sol, já oblíquo, deslizava pela superfície.

A mulher levantou-se um pouco mais, apoiando-se nos cotovelos. Não havia mesmo sinal da ilha, ou do continente.

Voltou a deitar-se. E, pouco a pouco, lembrou-se. Mais um dia se passara. Depois do amor, sob o sol da tarde, tinham mergulhado na água, rindo, como dois meninos. E varado as ondas juntos, reencontrando, também nas brincadeiras, um passado do qual nem sabiam que se lembravam.

Muito depois, ao pisar a areia, sentiram, com um arrepio, a brisa do fim de tarde. O dia quase terminava. E, correndo até o quiosque, tornaram a rir, vendo que o almoço estava arruinado. Ao olhar para aquelas postas chamuscadas, esquecidas no braseiro, a mulher pensou numa velha canção sobre romper com o mundo e queimar navios — para não ter mais como voltar. Mas continuou sorrindo. Já não temia nada.

Depois, voltaram para a casa, ela envolta num roupão felpudo que ele fora buscar. Quando entrou no quarto, saindo do banho quente, encontrou-o à espera. E fizeram amor novamente, agora sobre as ondas do colchão, um contato de peles finas, amaciadas pelo banho morno, tocando-se numa carícia tão suave que ela teve vontade de gritar. Um amor com cheiro de lavanda, feito de lençóis brancos, de filós e rendas, por entre travesseiros de penas de ganso. Um amor feminino, de enorme delicadeza, como se a porção mulher daquele homem tão másculo fosse por um momento a parte dominante, vencedora.

À noite, jantaram. Na mesa, posta na sala envidraçada, uma salada verde e um peixe assado inteiro, acompanhado de um arroz soltinho, perfumado com ramos de alecrim. Dessa vez, foram servidos por um empregado silencioso, que cumprimentou a mulher com uma mesura ao entrar. E finalmente adormeceram juntos, de roupa e tudo, no sofá da sala, como num gesto de desafio, afundando nas dobras fofas onde os adultos jamais permitem que as crianças passem as noites. Para eles, para aquelas duas crianças reencontradas, nada mais era proibido.

E de manhã, bem cedo, tinham saído para passear de barco.

Fora um longo passeio em torno da ilha. A cada curva, uma nova paisagem surgia, com suas pedras, seus recantos e areias. Os costões eram quase sempre escarpados, de pedras muito lisas e brilhantes, pontilhadas por tufos de cactos. E as praias, minúsculas, arredondadas, formando remansos, baías em miniatura, em cujo fundo jaziam leitos de pedras escuras, como bancos de corais. Numa dessas, o homem tinha parado o barco, para que mergulhassem.

Saltaram na água. Nadando alguns metros, já podiam ver a areia, no fundo. A mulher tentou tocar o chão, mas surpreendeu-se ao ver que ali ainda não dava pé. A transparência da água enganava.

Estava arquejante ao chegar à praia. Mas ele, não. Sentou-se e sorriu para a mulher, vendo que ela se estendia na areia, os pés tocando a água. E assim ficaram por uns instantes, em silêncio.

Ela esperou, enquanto sua respiração se acalmava. Sentia o sol queimando-lhe a pele, formando sob as pálpebras fechadas os mesmos arabescos, os mesmos desenhos loucos da outra vez. E quando abriu os olhos, viu que o homem se debruçava para observá-la. Mas não deixou que ele fizesse um gesto. Saltou e, rindo muito, tornou a mergulhar na água.

Ele foi atrás. Nadando, tentou alcançá-la, mas ela o evitou. Queria dar a ele o gosto da caça.

Subiram no barco, e ele deu a partida no motor, aceitando o jogo que ela lhe impusera, olhando-a de soslaio enquanto se deitava na proa, os dois saboreando o desencontro forjado. Sabiam, ambos, que era apenas uma questão de tempo. E as mãos ladrilhadas por tantos anos de espera tocaram o timão, enquanto o barco seguia silencioso rumo a águas mais profundas.

Embalada pelo movimento do mar, a mulher sentira-se envolver por uma doce sonolência, da qual saía apenas quando uma ou outra onda maior sacudia a lancha, fazendo saltar sobre ela respingos de sal. Numa dessas vezes, ao abrir os olhos, viu que cruzavam com um barco de pesca, pintado de um azul muito vivo, a primeira embarcação que via naquelas águas desertas. Debruçada na lateral da traineira, uma menina vestida de branco olhou para a mulher. E ela lhe deu adeus, sem saber por quê.

Acabara adormecendo.

Havia pouco, despertara. E agora — sabia bem — em silêncio o chamava.

Sorriu quando sentiu o motor parar.

Esperou. Deitada, de olhos fechados, passiva — indefesa. Como da primeira vez. Queria ser dominada. Que ele a tomasse não mais com a delicadeza quase feminina com que se tinham encontrado no leito, mas sim com o vigor de um animal, a rudeza de um macho. E ele o fez. Captando os sinais que a mulher lhe mandava, atirou-se sobre ela com fúria, sem rodeios. Era um homem sábio. Na pele da fêmea, em sua respiração, em seus ínfimos tremores, nos odores que dela se desprendiam, lera a mensagem codificada. Decifrara-a, e, agora, ia devorá-la.

Sob um céu plúmbeo, o homem e a mulher travaram sua batalha. Com gestos agrestes, ele a despiu, enquanto ela mordia e soluçava. Seus lábios não se deixavam alcançar, por mais que ele tentasse. Quando afinal ele se imprimiu sobre aquela boca fugidia, o beijo teve um gosto de sangue, o olhar que trocaram, uma chispa de pavor.

Ante luta tão tremenda, as ondas do mar cresceram, se encresparam. Sacudido pelos corpos dos amantes, o barco jogava, descontrolado. As águas enfurecidas ganharam uma tonalidade sombria, as vagas fechadas abrindo-se afinal em revoluções de espuma, chocando-se com o casco.

Com a mulher subjugada, o homem se colocou sobre ela, preparando o ataque.

E, no momento em que a penetrou, de um só golpe, um trovão sacudiu os céus. Na vertigem do gozo, ela ainda sentiu os grossos pingos que lhe escorriam pelo rosto e, por um louco instante, pensou que chorava de prazer. Mas era a chuva caindo.

As vagas cresciam, mais e mais. Abriam-se agora em cristas monstruosas, esguichando espuma, como se delas, a qualquer instante, fossem saltar monstros marinhos. Os segredos do mar, antes encobertos pelas ondas fechadas, se revelavam — terríveis. Mar e céu formavam juntos uma só paisagem, feita de chumbo e pesadelo.

Mal se amaram, homem e mulher soergueram os rostos, sobressaltados. O mundo troava em torno deles.

Num segundo, o homem recuperou a lucidez. Ergueu-se de um salto, a mão estendida para ajudar a mulher a levantar-se. E, em meio à chuva que caía, com pingos cada vez mais grossos, ela sentiu-lhe a palma gelada, pela primeira vez. *Os ladrilhos estão frios*, pensou. E levantou-se a custo, no chão oscilante.

Caminharam abraçados, sob o açoite da chuva e do vento, rumo à popa. O homem correu para o painel de controle, pondo o barco em movimento, depois de fazer a mulher sentar-se no sofá lateral. Abrigados pela cobertura de vidro, tiveram uns poucos segundos de trégua. Mas logo o temporal pareceu ganhar força. Ventos ainda mais violentos sacudiram o barco, jogando-o de um lado para o outro, fazendo o casco estremecer.

A mulher começou a sentir-se nauseada. Agarrando-se às laterais, levantou-se com dificuldade, ouvindo, em meio ao rugido do vento, o homem gritar, perguntando o que estava fazendo. Mas ela não respondeu. Caminhou até a parte externa da popa, tentando a todo custo respirar, engolindo o ar em grandes haustos, enquanto o homem continuava gritando alguma coisa, palavras que o vento, com seu soprar furioso, abafava. Assim que saiu da parte coberta, ela recebeu no rosto e no corpo as chicotadas de chuva, gotas frias que lhe bateram na pele como se fossem feri-la. Lembrou-se das nuvens que vira do avião, dias antes — quantos dias? —, e pensou em seu próprio desejo saciado. Mordeu os lábios, sentindo uma dor fina, um frio enorme inundando de repente seu ventre, seu plexo, sua garganta. *Talvez aquela tormenta fosse um castigo.*

O motor do barco deu um ronco engasgado, como um estertor. E ela se virou na direção do homem. Mas ele, de costas, estava agarrado ao timão, só largando-o para, de quando em quando, apertar alguma coisa no painel, com movimentos frenéticos.

E se o barco enguiçasse? Se fosse danificado? Se eles ficassem perdidos por muitos dias, à deriva, sem ter como voltar? O que diria, como explicaria a ausência, sem um telefonema, um contato?

E se naufragassem? E se *morressem*?

De repente, em meio à tormenta cada vez mais furiosa, os olhos da mulher se prenderam em um ponto no mar, a poucos metros de onde estavam. Ali, sacudido pelas vagas, estava um pedaço de madeira. Ela constatou, hipnotizada, que parecia uma lasca arrancada do casco de um barco. Um casco recém-pintado, do mais vivo azul — azul que era um corpo estranho naquele mar de chumbo. E seus olhos, batidos pela chuva, se estreitaram ainda mais.

Um barco azul.

Lembrou-se, de súbito, da embarcação que vira havia pouco, com a menina de branco — a quem dera adeus, sem saber por quê. Talvez o barco dela tivesse sido destroçado pelo temporal.

Levou a mão à boca, sufocando um grito. E nesse exato instante, sentiu-se estremecer por um solavanco, como se uma baleia gigantesca erguesse o barco em seu dorso, atirando-o para o alto. Suas mãos foram arrancadas da lateral da lancha, onde se apoiava, e ela rodopiou no ar, antes de ser atingida por uma enorme massa de água, que se chocou contra seu corpo com a força de um tapa.

E, no instante seguinte, foi tudo escuridão.

3

Chegou o rosto para perto do vidro, quase encostando-o na janela, e fechou os olhos. Suava. A sensação de vertigem era algo real, a escuridão uma massa palpável. Precisava respirar fundo, afastar os pensamentos mórbidos, interromper aquele fluxo que a tomava toda, a poderosa mistura que circulava em seu sangue, feita de saliva e medo, de esperma e terror. Não compreendia como podia fabricar, dentro de si própria, uma trama tão precisa, de contornos tão nítidos, um mundo com espessura e profundidade, sabor, cheiros e cor, um mundo cuja textura podia sentir agora mesmo, nesse exato segundo, contra a palma da mão, sob os sensores dos dedos, com a mesma exatidão com que sentiria a trama aveludada de um assento. *Não podia mais.* Precisava livrar-se daquele sentimento horrível. Não havia razão para sentir-se culpada. Era uma paixão — uma paixão de muitos anos. Uma força motriz que resistira sozinha, girando em silêncio, numa rotação lenta porém inexorável. Não podia ser subestimada, nem ignorada, pois que tinha luz própria. Continuara cintilando ao longo dos anos, atravessando o silêncio e a distância que se abatera sobre eles, sobre aquelas duas crianças feitas de passado e sonho. Por isso, o reencontro precisava acontecer — sem medo e sem culpa. Não havia lugar para a covardia, se o que estava em questão era uma espécie de amor. Há, na vida de uma mulher, espaço para amores vários, paixões diversas, que se podem sobrepor, sem susto, pensou. Por que, então, encarar como uma traição, passível de castigo? *Trair*. Palavra detestável. O que significava, afinal? Onde há mais traição — no ato de beijar outra pessoa ou na mais louca, detalhada, desvairada fantasia? Por que, então, nem assim conseguia realizar seu sonho? Por que, então, a imaginação permeada de pesadelos? Por que o mar? O mar engolindo tudo, o mar que era o desejo, o desconhecido. O mar que era calor e seio, que era mãe, sensação de prazer infinito, feito de gosto, tato e cheiro, um prazer que jamais se repetiria, que seria para sempre apenas lembrança, fantasia. O mar que era o proscrito, o esquerdo, o proibido, que eram as águas, secreções escoando sem controle, avançando sobre a terra seca e tomando tudo.

Qual a diferença entre pensar e fazer? Não pedira aquilo, não procurara. Jamais, em todos aqueles anos, tivera um contato, por mais breve que fosse, com outra pessoa. E agora estava assim, sobressaltada, sentindo-se dominar, envolver, por sentimentos contraditórios, paixão e culpa. Sabia que não tinha o direito de fugir. Acontecera, simplesmente. Dissera meia dúzia de palavras apenas — e a frase o transtornara, fazendo escoar a torrente. Como, então, resistir? Por quê? Não seria, já, a pior das traições, o simples desejo que sentira, a paixão que lhe subira pelo ventre, deixando-a quase fora de si, no instante exato do telefonema, ainda na varanda, ainda olhando o mar, aquele mar tão seu conhecido, onde as gaivotas voavam como voam os sonhos, como voa o pensamento — aquilo que ninguém nunca, jamais, conseguiu aprisionar?

CHEGOU O ROSTO PARA PERTO DO VIDRO, quase encostando-o na janela, e abriu bem os olhos, tentando fixar nas retinas a paisagem que a noite começava a engolir. Sim, agora estava ali. Era real, já não havia dúvida. Podia sentir.

Lá fora, o sol oblíquo incidia sobre o imenso descampado, de vegetação rasteira, pontilhado por uns poucos arbustos cujas sombras se espreguiçavam, deitadas. Não havia montanhas, nem casas, nada. Apenas céu e chão, duas superfícies que se tocavam, com seus vários matizes, suas cores em degradê, as diferentes nuances de sombra e luz. O horizonte, linha divisória entre uma superfície e outra, era quase imperceptível, tão tênue talvez quanto a fronteira entre realidade e sonho.

E, riscando a paisagem, a estrada. Tira escura, delineada de branco, que cortava o chão com a frieza de uma figura geométrica, desumana em sua retidão. Não havia curvas, pois a terra não possuía obstáculos a serem vencidos. Oferecia-se inteira, sem fim, e a estrada se espichava sobre ela com monotonia quase intolerável.

A mulher estava ansiosa. Queria chegar logo. Tinham sido quase três horas de avião, uma viagem cheia de sonhos e pesadelos, marcada pelo calor úmido que emanava de dentro dela, parecendo contaminar as nuvens, lá embaixo. E o encontro, no aeroporto. Vira-o logo, esperando por ela. Sorria. Ela sorrira também. Relembrara, num segundo, a deliciosa cumplicidade que havia entre eles, as brincadeiras, as risadas — mais do que as carícias. Atravessara a porta envidraçada com as pernas trêmulas, as mãos puxando a maleta com força. Ainda podia ouvir o ruído das rodinhas ressoando no chão de granito, tal a vividez com que a cena nela se estampara.

Fora um longo abraço. Mas, assim como o sorriso, o abraço evocara muito mais o companheirismo do que a paixão de outros tempos. Um abraço amigo, apenas. Por enquanto.

Saindo em direção ao estacionamento, tinham seguido do aeroporto por uma estrada sinuosa, beirando o mar, em direção a um restaurante pendurado num penhasco, onde almoçariam. "Porque ainda vamos viajar muito", explicara o homem. E ante o sorriso interrogativo dela, completara: "Vou levar você para o fim do mundo."

Tinham entrado no restaurante de mãos dadas. A mulher ainda podia sentir, na própria pele, o calor daquela palma. *Mãos de homem.* Mas fora um gesto natural, que ela encarara sem constrangimento. Parado o carro, ele dera a volta e estendera a mão para que ela saltasse. E de mãos dadas tinham atravessado o pátio, a caminho da porta do restaurante. Ela olhara em torno, encantada. Estavam diante de um solar do século dezessete, de estrutura tão sólida que os caixilhos das janelas ficavam recuados mais de um metro parede adentro. Diante do solar, uma só e gigantesca árvore, que a mulher não conseguira identificar, derramava sua sombra sobre o pátio de pedras seculares. E, atrás da construção, o mar — mais nada. O restaurante parecia quase solto no espaço, tal sua proximidade com a ponta do penhasco. Lá embaixo, a água cintilava em infinitos matizes de azul, pontilhada por saveiros com suas velas infladas.

Durante o almoço, o homem lhe contara a história daquele lugar. Fora uma igreja, dissera. Um templo profanado por um crime. Durante anos, ficara abandonada, até surgir a idéia de fazer ali um restaurante. Ela se admirara. "Que crime?", tinha perguntado. E ele lhe contara que fora um crime de amor, o desfecho sangrento de uma paixão proibida, cujo triângulo tinha em um de seus vértices um padre — o pároco da igreja. Ela se sentira ruborizar ante a menção da história de amor e morte, sem saber bem por quê. E ele notara, sorrindo. Chegara a entreabrir a boca para dizer alguma coisa, mas fora interrompido pela chegada do garçom, com o cardápio.

Fora um almoço delicioso, de muita conversa. Divertiam-se como antes, como quando eram meninos. Juntos, pareciam retomar as brincadeiras do ponto onde as tinham deixado, observando as pessoas, fazendo comentários mordazes, estourando em risadas. Tinham notado, de imediato, a semelhança de um dos garçons que os atendiam com um personagem do passado, um vizinho ranzinza que detestavam e que um dia, num carnaval, perseguira os dois, ameaçando dar-lhes tiros com uma espingarda de sal.

E tudo porque eles dois, mascarados, haviam pulado o muro do velho para roubar mangas.

Terminado o almoço, tinham entrado no carro, e, já na estrada, a conversa continuara, um e outro competindo para ver quem se lembrava de mais coisas. Mas falavam apenas dos tempos de meninos, das brincadeiras, de quando eram livres, irresponsáveis. Nem uma só palavra fora dita até então sobre a paixão que os consumira de repente, ao saberem que se separariam.

E agora ali estavam, já quase noite, tendo à frente o manto escuro de asfalto, cruzando a terra imutável. Havia pouco, ela se calara, fechando os olhos como se cochilasse. Mas não dormira. Apenas pensara. Durante longos minutos, permanecera quieta, relembrando tudo o que percebera até então, os olhares, os sorrisos, cada mínimo toque de pele. E agora, de repente, começava a sentir-se inquieta.

Ele olhou para ela, como a adivinhar-lhe a ansiedade. Sorrindo, segurou-lhe a mão, que repousava no colo.

— Falta pouco — disse.

Ela devolveu o sorriso. E, depois de um pequeno silêncio, perguntou:

— Esse lugar aonde estamos indo... eu conheço?

— Não — respondeu o homem. — Não é o sítio de nossa infância — acrescentou, após uma pausa.

Ela olhou-o, calada.

— Era isso o que você estava pensando? — perguntou ele.

Ela fez que sim com a cabeça.

— Bem que eu gostaria que fosse — disse ele. — Mas aquele lugar não existe mais.

— Mesmo?

— É. Desapropriaram para a passagem de uma estrada. Há muitos anos. Pouco tempo depois de você ter ido embora. Derrubaram tudo. A casa, as árvores, tudo.

— Que pena — disse ela, devagar.

— Mas o lugar para onde estamos indo também é lindo. Você vai gostar.

A mulher concordou em silêncio e logo voltou a olhar a estrada, dando um longo suspiro.

— Cansada?

— Um pouco — respondeu, vacilante.

— Vale a pena, você vai ver.

— Tenho certeza que sim — disse ela, rápido.

— Quero dizer, o lugar.

E ela sentiu de novo o rosto em fogo. Ruborizava-se como uma adolescente, mais uma vez. Era engraçado. O reencontro abrira um rasgo no tempo, restabelecendo, num segundo, a cumplicidade que sempre existira entre eles, menino e menina. Nesse aspecto, era como se os dois se tivessem separado apenas alguns dias antes. Mas só. No mais, eram estranhos. Homem e mulher ansiosos, talvez até temerosos, como em um primeiro encontro — sem saber bem o que dizer. Qualquer insinuação que resvalasse para um terreno mais perigoso, e ela se sentia estremecer.

Será que seria assim com ele também? Não tinha como saber. Já não o conhecia, aquele homem que estava ali, sentado a seu lado. E embora guardasse na pele o toque daquelas mãos que agora envolviam o volante, esquecera-se de muitas coisas. Não conseguia recordar-se, por exemplo, como era o seu beijo.

— Você pode parar um instante? — perguntou de repente, sem refletir.

O homem obedeceu sem sequer olhar para ela. No mesmo segundo, reduziu a marcha e encaminhou o carro para a lateral da estrada. Enquanto o fazia, ela observou que ele contraía o maxilar, em movimentos rápidos, sucessivos. Ele a desejava.

Era melhor assim, pensou a mulher. Queria acabar de vez com aquela espera. O peso do não dito, de cada gesto que ainda não fora feito, pairava sobre eles como chumbo.

O homem parou o carro e desligou o motor. Só então virou-se para ela. Estava sério. Havia em seu olhar uma sombra mínima, como se talvez temesse alguma coisa. Não disse nada. Esperou.

A mulher aproximou-se dele, movendo-se sobre o banco de tecido escuro, todo o seu corpo mais uma vez em alerta. Muito lentamente, estendeu a mão e deslizou os dedos pelo rosto do homem, antes de mergulhá-los nos cabelos grisalhos. Os braços dele desprenderam-se do volante e cruzaram o ar, também devagar, até contornar aquele corpo, um corpo de mulher que escondia a menina proibida de seu passado.

Abraçaram-se. Um abraço difícil, separados que estavam pela distância dos bancos, pelas engrenagens do carro, mas que lhes pareceu doce e fácil, de repente. Rompida a primeira camada de separação, tudo se tornava agora pronto e limpo, sem nuances, sem limites, sem medo. Foi um abraço completo, feito de calor, cheiros, recordações — sensações que se infiltraram pelos poros e se espalharam no sangue, redobrando as batidas de seus corações. Ficaram assim, por muito tempo, mudos. Mesmo através dos vidros fechados, tinham a impressão de ouvir um murmúrio imenso, como se o descampado que os cercava respirasse. Só depois de algum tempo perceberam que o que ouviam era o sussurrar do silêncio, da quietude onde se perdiam seus próprios pulsares e suspiros, como se os dois, homem e mulher, fossem os últimos sobreviventes de um planeta deserto.

A MULHER OLHOU PARA OS PRÓPRIOS PÉS. Viu quando eles desapareceram na água escura. E, num segundo, a areia fina se transmutou em lodo. Ao contrário da areia, que lhe encantara os olhos com sua brancura, a camada de lama era apenas tato, um toque morno e sedoso sob seus pés, pois a água negra da lagoa engolira tudo. Em torno, as dunas formavam as pétalas de uma flor gigantesca, cuja alvura contrastava com a corola feita de água, esta parecendo um espelho do céu em todo o seu negror. Acima e abaixo brilhavam estrelas, muitas, infinitas estrelas, as que boiavam na água tremeluzindo um pouco mais, principalmente agora que a mulher profanara com os pés a superfície antes perfeita.

Não havia brisa. O ar de verão pairava quase estagnado sobre a lagoa, prisioneiro da coroa de areia que a circundava. A paisagem imutável dava à mulher a impressão de ter penetrado num quadro, rompendo com o próprio corpo as fronteiras da matéria e da fantasia. Mas havia também algo fugidio, qualquer coisa de volátil ali, que ia e vinha, ora inebriando-a, ora deixando apenas rastros. Eram os cheiros. Reconhecia cada um deles, embora na noite sem lua nem sempre pudesse ver os objetos de onde se desprendiam. Havia o cheiro dos tufos de capim, que cresciam entre as dunas, e também o odor de amêndoas que emanava daquela vegetação rasteira, com folhas redondas e flores roxas, que costuma dar em volta das lagoas. Havia o cheiro das taboas, que varavam a superfície da água exibindo ao céu suas formas engraçadas, como salsichas no espeto. E havia, também, um cheiro mais poderoso que os demais, aquele que se desprendera da lagoa no momento em que a mulher enterrara os pés na água, revolvendo o fundo. O cheiro de lodo.

Era um cheiro doce e quente, odor primevo que sabia a carne e sangue — ainda vivos. Um cheiro que, se tivesse forma, teria a maciez e a cor de uma placenta, fechando-se sobre um corpo, em proteção. Um odor que pulsava, mas que era também feito de decomposição, de águas paradas e vegetação apodrecida, como se vida e morte nele estivessem contidos, fazendo e refazendo os círculos eternos da natureza.

Lama. Lodo. Sempre tivera fascínio por aquele cheiro. E ele não esquecera. Por isso, escolhera aquele lugar.

Virou-se, buscando-o. Mas ele não estava à vista. Deixara-a sozinha. Sozinha com a lagoa. *Como se adivinhasse.*

Era estranho, aquele homem. Parecia conhecer os pensamentos dela. Mal tinham saltado do carro, na casa construída quase junto ao mar para fugir às dunas, e ele lhe falara da lagoa. Ela ficara fascinada. Mas não precisara dizer nada. Deixadas as maletas na casa, tinham saído juntos, galgando as areias de mãos dadas, para ir ver a lagoa. "De noite é quando ela é mais linda", ele dissera. Tinha razão. E, ao vê-la, ao pousarem seus olhos sobre aquele círculo perfeito, ônix encravado na areia, a mulher sentira vontade de estar só.

Descera as dunas devagar, soltando-se das mãos dele. E agora que ali estava, com os pés na água, virava-se e percebia que ele desaparecera. Deixara-a sozinha, como ela queria. Como ela lhe pedira — em pensamento.

A delicadeza dele a surpreendia. Sua paciência, a maneira sutil com que se movimentava. Não parecia disposto a queimar etapas. Dava a impressão de querer saborear cada momento por inteiro, sem precipitações. O abraço no carro fora apenas um abraço, mais nada. O coração dela, batendo de encontro ao dele, já estava prestes a romper-se à espera do beijo que viria, quando de repente, com todo o cuidado, ele a afastara. E, sorrindo, retomara o volante, dando partida no carro. Assim — sendo apenas um abraço —, o momento ficara preso na lembrança dela com uma força incomum, um abraço imenso e único que de outra forma teria desaparecido da memória de seu corpo.

Qual seria o próximo passo?

Tremendo de antecipação, a mulher voltou a observar a água escura à sua frente. Como seria se ela se despisse e mergulhasse? Que doce sensação de perigo não haveria no seio negro daquela lagoa, se nela se banhasse, sozinha e nua na noite?

E ele, o que faria? Será que a observava, à distância? E será que viria a seu encontro?

Voltou até a margem, sentindo nos tornozelos a diferença sutil de temperaturas. Embora fosse uma noite morna de verão, a água, que recebera em cheio o sol por todo o dia, era ainda mais quente do que o ar. Do lado de fora, suas pernas molhadas singravam o ar quase frio, num arrepio. Mas não se intimidou. Despiu-se e, virando-se, os mamilos à frente como pontas de lanças, caminhou de volta, entrando na lagoa.

A água morna foi subindo lentamente por suas pernas, como uma carícia, a cada passo ganhando um pouco mais de seu corpo, até tocar-lhe também os dedos das mãos, que se deixaram boiar, docemente. Ao afastar os braços, num gesto de entrega, seu sexo recebeu o primeiro contato da superfície quente, calor tocando calor, líquidos que se misturaram num louco abraço, superfícies que se abriram uma para a outra, elementos femininos que se interpenetraram, mulher e água transformando-se pouco a pouco em um só corpo. A lagoa, como se contaminada por ela, era agora seu prolongamento e continuação, o lodo do fundo cedendo cada vez mais ante seus pés, que nele se perderam em sensações de delícia e veludo. Umbigo, cintura e braço foram sendo vencidos pelo abraço da água, enquanto do fundo lodoso começavam a surgir as primeiras vegetações, longa cabeleira de mulher que a envolvia, chamando-a. Pensou nas lendas das lagoas assombradas, onde espíritos femininos puxam as pessoas para o fundo, envolvendo-as nos cabelos de algas para roubar suas almas. Parou por um instante, trêmula, e fechou os olhos. A superfície tocava agora seus mamilos intumescidos. Ficou imóvel, desfrutando da carícia mínima, gozando aquele doce roçar por um momento, ainda — para no segundo seguinte mergulhar, dando-se por inteiro à água escura.

Abriu os olhos, percebendo o líquido em torno, feito de matéria tão negra que parecia sólido. Nadando, atravessou a massa que cedia, sem resistência, à sua passagem. Movimentou as pernas, deixando que os cabelos do fundo lhe lambessem a pele, o sexo. Entregou-se, com gestos lascivos, às deusas misteriosas que habitavam aquelas profundezas, fazendo amor com elas. Sentia-lhes o toque macio, envolvendo-a, chamando-a de volta toda vez que subia à superfície para respirar. E tornava a mergulhar, entregando-se sem medo.

Só depois de muito tempo, parou, deixando-se boiar no fundo, frouxa. Estava cansada. A lagoa também parecia saciada, ela própria. Pois aos poucos, lentamente, começou a empurrar o corpo da mulher para a superfície, despedindo-se. Ambas, mulher e água, sabiam que o encontro estava terminado. Era hora de voltar.

Ao aflorar à tona, a mulher observou o fantasma das dunas cercando a lagoa em meio à escuridão, o enorme silêncio do lugar, agora que as águas se aquietavam. E, limpando as gotas que ainda lhe toldavam os cílios, fixou a vista na margem. Só então, viu o pequeno ponto em brasa, brilhando como o olho incandescente de um demônio, cravado na noite. E começou a nadar em sua direção.

Entre uma e outra braçada, espiava. O ponto incandescente por vezes crescia, dilatava-se, ele próprio parecendo traduzir a ansiedade do homem. A brasa do cigarro era um alerta, o farol que a chamava — pulsando, à espera.

Fechou os olhos. O homem envolveu-a com uma toalha, esfregando-lhe as costas para que se esquentasse. Ele pensava em tudo. A mulher deixou-se friccionar, o queixo ainda tremendo um pouco, pois a noite se adensava. Depois, encostou o rosto no peito dele e ficou quieta, aguardando. Tremia ainda, mas talvez não mais de frio. O cheiro de lodo, o abraço das águas, o calor que emanava do homem, tudo fizera nascer dentro dela uma urgência. Ergueu o rosto, olhando-o. E, na penumbra, viu seus imensos olhos se aproximando.

Sustentou o olhar, sentindo o cheiro de fumo que emanava dele imiscuir-se em seu sangue, instantaneamente. Apenas quando os lábios se tocaram, ela voltou a fechar os olhos. Sentiu na boca o primeiro ínfimo roçar daquele beijo, que aos poucos se aprofundou, fazendo-se mais carnal e mais úmido. Agora, as duas bocas se abriam lentamente para receber-se uma à outra, as línguas movendo-se como dragões macios que deitassem fogo líquido. Com firmeza e doçura, elas se exploraram, se reconheceram. Suas mucosas delicadas, seus gostos e calores eram todos feitos da mesma e estranha matéria da memória, que a um mínimo sinal é capaz de, sozinha, despertar a imensidão de um passado inteiro. Com a lentidão da tortura, beberam-se, provando da saliva um do outro, misturando os líquidos que compõem as poções do amor, dando-se sem medo.

Por muito tempo — um tempo imensurável —, apenas suas bocas existiram. Nada mais havia, nem sequer seus corpos. Só muito depois, a mulher voltou a perceber o mundo à sua volta. Primeiro, sentiu o quão firmemente o homem a abraçava, músculos, nervos e ossos contornando sua cintura com vigor, caminhando pelas costas através de palmas ásperas, dedos famintos. Ela própria também se agarrava a ele em frenesi, suas mãos cravando-se no pescoço largo do homem, como se, desesperadas, não quisessem deixá-lo escapar, na esperança de que aquele beijo não acabasse nunca. Depois, sentiu o próprio peito contra o dele, seus tremores e palpitações formando um só pulsar, um único calor. E finalmente percebeu o quanto todo o seu corpo se colara ao do homem, o quanto seus sexos, ávidos, buscavam em vão romper as barreiras dos tecidos, do tempo e da solidão.

Em torno, a noite estava morta. Como um rouxinol que oferece o próprio sangue em sacrifício para fazer nascer uma rosa, a noite se desintegrara, engolindo-se a si mesma. Seu ar morno, seus ruídos e cheiros, tudo desaparecera para que só aqueles corpos unidos existissem, para que só eles respirassem e vibrassem em torno de duas bocas que pareciam ser e ter sido, sempre, o prolongamento uma da outra, duas metades agora encaixadas, estrelas gêmeas formando o núcleo do universo.

DE REPENTE, ESTAVA TERMINADO. A noite voltava a envolvê-los, com aromas e murmúrios, enquanto ela despertava, vendo-se diante do homem, olhos nos olhos. Sorriu para ele — e compreendeu.

Sabia como seria, ainda desta vez. Primeiro, o abraço. E agora o beijo. Só.

Nada mais devia acontecer, por enquanto. Ela entendera a mensagem.

O reencontro se daria em camadas, como cortinados se abrindo para o aconchego de um leito. Lentamente, em etapas bem definidas, as revelações se fariam sem atropelos, em um exercício de cuidado inimaginável, prova de uma longa dedicação, de um aprendizado aperfeiçoado com enorme esforço. Cada gesto daquele homem era uma prova de paciência, e essa paciência revelava — ela percebia agora, quase com susto — sua paixão.

Era verdade. Ele a amava, ainda. Não fora apenas uma loucura de adolescente. Não era somente um capricho. Era muito mais do que isso.

Ele preparara tudo. Os cenários, os cheiros — até a casa, na qual ela mal reparara, na pressa de ir ter na lagoa prometida. Agora que a imagem da casa voltava à sua mente, ela percebia o quanto era semelhante à casa do sítio onde tanto brincavam naqueles anos incertos em que ainda não sabiam se queriam deixar de ser crianças. A mesma escada de cerâmica vermelha, as varandas em torno, a sala de telha-vã, as janelas pintadas de ocre escuro. Ao entrar na casa, seu coração sentira um estranho reconhecimento, que a assustara. Por isso, talvez, a pressa em ir ver a lagoa. Para não pensar. Para não continuar ali, com ele, frente a frente com o sentimento desconcertante que dele transpirava.

Ele parecia ter carregado aquele amor pela vida afora, dele cuidando com desvelo, nele tecendo e retecendo os fios da memória, realimentando-o de si próprio para que nunca se extinguisse.

Ela via tudo com clareza agora. E aquilo a fascinava.

Continuou olhando-o, em silêncio. E ele sustentou o olhar sem mover um músculo. A imensa disciplina que se impunha, agora que tinha diante de si a mulher que desejara pela vida inteira, era a prova maior de sua paixão. E era por essa paixão que ela própria começava a se apaixonar.

Estendeu a mão e tocou devagar a superfície do sofá. Sua palma trilhou o acolchoado macio, sentindo-lhe a trama, cada mínima saliência e reentrância, como se a pele tivesse ganho novos sensores, de precisão e alcance sobrenaturais. O vinho que ele lhe dera, para esquentar-se do banho noturno, começava a fazer efeito. Sentia-se leve, um pouco tonta, envolta num torpor que era quase euforia.

Ao chegarem de volta à casa, ela se entregara com delícia ao chuveiro quente, enquanto ele preparava alguma coisa na cozinha. Quando ela saíra do banho, vestindo um longo chambre de seda, cor de pérola, o lanche estava pronto. Sobre a mesa, de madeira tosca, uma tábua com um pão preto partido ao meio, deixando entrever em sua massa o que ela logo saberia serem passas e nozes. Ao lado, uma travessa de frios. E, compondo a cena, como uma natureza-morta, uma cesta de frutas na qual conviviam as iguarias mais improváveis, com os mais doces perfumes. Carambolas, com seus gomos amarelos, pitangas do vermelho mais vivo, amoras negras e reluzentes.

Tinham comido e bebido vinho, frente a frente na mesa despida de toalha, sob o facho de luz onde voejavam minúsculos insetos. Riram e brincaram, assim como no almoço, sem compromisso, sem pensar em nada, velhos companheiros reencontrados.

Terminado o jantar, ela se deitara no sofá, sentindo a maciez da seda que lhe envolvia o corpo. E agora ali estava, lânguida, acompanhando com os olhos o movimento hipnótico dos insetos, sob a luz.

O homem desaparecera da sala, deixando-a só, mais uma vez. E ela saboreava o momento, sem qualquer inquietação. Sabia que estava pronta. Que era só uma questão de tempo. Mas sabia, também, que não devia ter pressa. Ele tampouco teria.

Ele sabia esperar.

ONDE ESTAVA? Quantos dias e noites se tinham passado? Em que dimensão vagava agora, nesse leito branco que a acolhia, com seus lençóis de algodão cheirando a lavanda e sol? E que importância teria isso, afinal? Só o que sabia é que era dia — um dia cheio de luz. E que não havia cortinados mais. O leito, no meio do quarto, estava nu.

Sobre ele, sobre seus lençóis imaculados, ela se deitara — nua, também, à espera. Como uma virgem no altar do sacrifício, fora tomada por uma serenidade imensa, como se sua mente tivesse mergulhado em um novo estado de consciência, até então desconhecido. Nem em seu coração, nem naquela cama ou em qualquer outro ponto do quarto, havia lugar para meios-tons. O sol incidia em cheio sobre o leito, cuja brancura brilhava de arder os olhos. Tudo era bem definido e nítido. Não havia dobras, nem desníveis. A cama era uma superfície plana, onde ela — pura — se oferecia a ele.

Era tudo.

O homem estava a seus pés. Nu, como ela. Como no começo do mundo. Mas não havia pecado ou serpente. Apenas os dois amantes, íntegros, entregues, um diante do outro.

Ajoelhando-se ao lado dela com extremo cuidado, o homem olhou-a, simplesmente, por um longo instante. Bebeu com os olhos aquele corpo que mal vislumbrara na juventude, mas que agora se dava a ele, pleno. Era um corpo maduro de mulher, em cujas marcas se inscreviam inúmeras histórias, mas que guardava ainda, em sua essência, a beleza que ele apenas adivinhara, um dia. E era muito mais do que um corpo. Era para ele, acima de tudo, sua própria paixão materializada, seu desejo tornado carne e pele. E foi sobre esse pedaço de sonho que se debruçou.

Primeiro beijou-lhe o umbigo, o centro através do qual ela recebera vida e alimento, fazendo estremecer o pequeno côncavo escavado na superfície do ventre. Depois, percorreu devagar o caminho ascendente, até alcançar o espaço entre os seios, que em seguida buscou, um a um, roçando neles os lábios fechados, repetidas vezes, para que despertassem. Somente quando os mamilos já saltavam, como a buscá-lo, o homem entreabriu a boca e sorveu um dos botões, fazendo enrubescer a pele rosada. Depois saltou para o outro, mas neste sua boca foi mais ousada, abrindo-se mais, sugando com mais força, sorvendo a pele como se fora uma rosa mais madura, desabrochada.

A mulher continuava imóvel, embora o calor que lhe banhava os seios já se tivesse espalhado pelas veias e pulsasse em seu sexo, como um coração. Mas havia entre os amantes um entendimento mudo, um pacto não pronunciado que a mantinha presa à cama, imóvel. Precisava submeter-se àquele instante de reconhecimento, tão esperado — e devia fazê-lo sem tremer.

Sabendo disso, o homem continuava a trilhar seu caminho, boca e língua como armas, desbravando territórios, umedecendo-os, aquecendo-os, fogo e água transformados num só elemento, irmanados naquela saliva mágica que a tudo despertava. Dos seios, os lábios dele mergulharam na curva da axila e desceram em pequenas oscilações pelas costelas, em busca da cintura. Ali, seus dentes se abriram para também participar da luta, primeiro sozinhos, mordiscando a pele com doçura, para depois receber a ajuda das outras armas. Então, todos juntos, dentes, lábios e língua unidos sugaram a pele da cintura, mas já não mais com delicadeza, e sim num movimento vigoroso, que fez o sangue aflorar à superfície e a mulher enlouquecer.

Por um momento, ela ainda fechou os olhos, lutando para permanecer imóvel, não querendo trair o ritual. Mas agora suas coxas pareciam ter vida própria. Havia, entre elas, uma camada de fogo, a pele ardia. E elas se afastaram uma da outra, num gesto quase imperceptível — mas que o homem sentiu.

O descolar daquela pele foi um chamado. E ele obedeceu. Caminhou até a extremidade da cama e ali tornou a ajoelhar-se, tomando os dois pés da mulher entre as mãos e pousando-os no próprio colo. Deslizou as mãos por eles, primeiro nos dedos, depois nos arcos dos pés em direção aos calcanhares. E só então fez sua escolha. Ergueu um dos pés com cuidado, segurando-o no ar com ambas as mãos e, sem tirar os olhos dos olhos da mulher, abriu a boca para recebê-lo. Seus lábios sugaram lentamente os dedos adorados, máxima prova de devoção daquele vassalo que se prostrava ante sua rainha. E ela lhe deu sua recompensa.

Dobrando o joelho, fez pender a coxa, para que ele vislumbrasse o prêmio tão esperado. Ela o chamava. Já não podia mais.

E ele foi.

Mergulhou em direção a ela, que agora se oferecia sem reservas. Profanava os lençóis, desobedecia os pactos, rompia a liturgia. Nenhuma força no mundo seria capaz de mantê-la imóvel agora. Abria-se, dava-se sem pudor. Queria que ele a tomasse inteira, que dela se servisse.

Ao curvar-se, o homem ainda tocou com a palma das mãos a pele das coxas dela, que queimavam. Mas, depois, não pareceu ver mais nada. Transformou-se, todo ele, na taça feita para beber daquela fonte encantada, saciar-se em seus líquidos, neles deitando a saliva do amor, que foi como um veneno — pois que, nela banhada, a mulher estremeceu e gemeu, morrendo todas as mortes.

Só muito depois, ele se ergueu. Só muito depois, voltou a olhá-la nos olhos. E neles, naqueles olhos quebrados, contaminados pelo desejo, se fixou. Foi com o olhar preso neles que se aproximou, medindo o seu corpo no dela. Foi assim, ainda, sem nem por um segundo desviar o olhar, que tomou posição para nela cravar-se. E quando o fez, ambos sentiram o instante perdidos nos olhos um do outro. Queriam ver-se por inteiro, não havia como deixar escapar um só segundo de tão esperada luta. E, guerreiros, sustentaram o olhar com bravura até o último golpe, sem pestanejar.

Morreram juntos, espelhados naquela agonia mútua, olhos queimando de desejo e desespero, pelos quais escoaram suas almas no momento final, condenando-se a arder no fogo uma da outra, para sempre.

A MULHER OLHOU PARA OS PRÓPRIOS PÉS. Viu quando eles tocaram o chão de terra batida do pátio, no instante exato em que saltou do carro. Mas manteve os olhos baixos, por um segundo ainda, desafiando a curiosidade que sentia. Naquele lapso de tempo, antes de erguer os olhos, pensou em outro pátio, como este recoberto por uma terra que era quase areia, dominado por um imenso cajueiro cujos galhos desciam ao chão, parecendo formar novos troncos e raízes. Só então levantou o rosto e olhou em torno. Entreabriu os lábios, surpresa. Diante de si, a forma imensa de um cajueiro se impunha, vencendo a noite, em tudo semelhante ao outro, ao que conhecera trinta anos antes, como um sonho materializado em meio à penumbra. Era a última surpresa que ele lhe reservara.

— É igual — exclamou, baixinho.

— Lembra?

Ela olhou em volta, tolamente buscando o resto do cenário de seu tempo de menina, embora soubesse que ele não existia mais.

— É igual — repetiu.

— Quase — disse ele, sorrindo. — Descobri por acaso, numa caçada, há muitos anos. E, desde então, era como se estivesse guardando este lugar para você.

— É estranho — disse ela, baixinho.

— É.

— Quero dizer... é estranho, porque, antes mesmo de olhar, eu já sabia o que ia ver.

— Eu sei.

— Sabe?

— Você sentiu o cheiro.

Só então, inspirando fundo, a mulher percebeu que, em meio ao ar morno da noite, suas narinas estavam inundadas pelo cheiro da árvore. Um cheiro que ela reconhecia agora, como reconhecera o odor de lama, na lagoa.

— Mas... não estou vendo os cajus. Só as flores — disse, caminhando devagar para perto de um dos galhos e tomando-o nas mãos. — Eu não sabia que as flores de caju têm cheiro.

— Sabia, sim. Você não esqueceu.

Ela se virou e olhou-o. Era verdade. Lembrou-se de repente de como, ainda menina, tinha prazer em sentir o cheiro das flores antes que elas se transformassem em cajus. Pensara ter esquecido — mas não esquecera. Ele estava certo. Ela sabia. Desde o início, soubera de tudo. Por isso, tivera tanto medo de vir. Ele a conhecia melhor do que ela mesma, como se houvesse estado oculto sob sua pele, correndo em suas veias, todos aqueles anos.

— E agora? — perguntou.

Ele não respondeu.

— E agora? O que vamos fazer? — insistiu ela.

— Agora que estamos apaixonados?

Apaixonados. Ela fechou os olhos e roçou o rosto de leve nas flores de caju. Por um instante enorme, os dois ficaram mudos, ouvindo a noite. Até que, ao longe, um pássaro noturno soltou seu canto, longo e sentido. E a mulher percebeu que era tarde — fora transposta a última fronteira.

Foi quando, já despida de qualquer temor, deixou-se mergulhar — de uma vez por todas — no passado. Como se fosse um sonho dentro de um sonho.

4

Chegou o rosto para perto do vidro, quase encostando-o na janela, e espiou. Seu coração de menina batia com força, na garganta. Pensara ter ouvido o assobio dele, mas não tinha certeza. Do lado de fora do casarão, a varanda estava deserta. Era estranho que os adultos já estivessem todos dormindo. Devia ser muito tarde.

Ficou imóvel, à escuta. Por um longo tempo, apenas o piado de um pássaro noturno se fez ouvir, carregado pela brisa, em meio aos sussurros das samambaias debruçadas na balaustrada. Mas pouco depois ela voltou a escutar, com toda a nitidez, o assobio. Era ele. Era o sinal.

Olhou em torno. Na penumbra do quarto, viu a mancha escura e imóvel sobre a cama ao lado da sua. A prima dormia. Descalça, tentando não fazer qualquer ruído, caminhou em direção à porta e abriu-a. O trinco estalou e ela parou, de olhos fechados, torcendo para que ninguém tivesse ouvido. Depois olhou para trás. A mancha escura continuava na mesma posição, sobre a cama. Espiou o corredor e saiu, fechando a porta atrás de si com o máximo cuidado.

Seus pés sentiram a textura das lajotas, seu contato frio. Ao fundo do corredor, a luz mortiça do vestíbulo, que ficava acesa à noite, iluminava um pedaço da cozinha. Dali, de onde estava, podia ver os janelões fechados, uma parte da pia, a enorme bilha de barro onde se guardava água potável. Foi até lá. Assim como o resto da casa, a cozinha estava deserta. De fato, todos dormiam. Era um fim de semana de casa cheia, os amigos, os parentes, todos reunidos no sítio do menino para a despedida da família dela, que ia embora, transferida para outra cidade. Um fim de semana apenas. O último. Depois, nunca mais.

Pé ante pé, foi até a porta dos fundos e girou a chave. Sentiu o sopro da noite estremecer o tecido fino da camisola que vestia, um pouco infantil, com babados na frente. Olhou-se, sentindo-se um tanto ridícula naquela roupa, mas depois deu de ombros. Não havia tempo. Não havia tempo para mais nada. Saiu.

Assim que chegou à varanda — a varanda que contornava toda a casa, com seus arcos simétricos —, a menina ouviu, mais uma vez, o assobio. E, com um arrepio, foi na direção do som.

Ali fora estava escuro. À noite, apenas uma luz era deixada acesa do lado de fora da casa, junto ao portão. Nos fundos, não. Mal conseguia enxergar por onde caminhava, a mão apoiada na parede, tateando.

Aos poucos, seus olhos se foram acostumando à escuridão. Até que, já próxima da lateral da casa, enxergou, por trás dos tufos de samambaias que caíam do alpendre, a brasa do cigarro dele.

Para além daquele ponto de luz quase assombrado, no quintal escuro, podia vislumbrar a forma enorme do cajueiro, derramando seus galhos até rente ao chão. Inspirou fundo, sentindo o cheiro das flores de caju, que impregnavam a noite. Logo, todas aquelas flores se transformariam em frutos, com suas cascas enceradas, amarelas ou vermelhas, suas castanhas com perfil de velha, seu sabor doce, que deixava um travo na boca. Mas ela não veria esses frutos, não estaria mais ali para prová-los.

Uma urgência apertou-lhe os passos. Quase correndo, o coração aos saltos, chegou à ponta do alpendre e desceu os degraus que levavam ao pátio. Por trás das samambaias, o rosto dele surgiu, uma chispa de angústia no olhar que a brasa do cigarro mal iluminava. E, num segundo, estavam nos braços um do outro.

Beijaram-se, um beijo sôfrego a princípio, um pouco desajeitado, mas que logo se apaziguou, expandindo-se com doçura, ganhando novos rumos. Beijo de bocas impregnadas pelo gosto amargo do fumo, que fez a menina sentir-se mulher, instantaneamente. Beijo de sabedoria surpreendente, de sutilezas e descobertas, como se os dois tivessem amadurecido de um só golpe ante o temor da separação. Beijo que era também abraço desesperado, afã de transes proibidos, de prazeres proscritos.

Quando suas bocas se separaram, o encontro dos olhos foi revelador. Cintilavam de paixão e medo, aqueles olhos. Na escuridão, a chama que havia neles era visível, iluminando a noite como fizera a brasa do cigarro pouco antes. Mas o olhar não durou mais do que um segundo. Não havia tempo a perder. Mal a menina se refizera, e já se sentia arrastar, penumbra adentro, rumo às sombras ainda mais densas do cajueiro.

Era uma árvore incomum. Seus galhos centenários se arrastavam pelo chão, formando passarelas por onde as crianças corriam, brincando de pique. Muitas vezes, o que se pensava ser um galho estava na verdade cravado no chão, preso a novas raízes, num multiplicar de troncos que já não deixava discernir se o que se via era um só cajueiro ou muitos, entrelaçados. Quando crianças, eles nunca se importaram com isso. Queriam daquela árvore apenas o que ela lhes dava — e era muito. Era sombra e frutos e brincadeiras, possibilidades infindas de esconderijo e procura. Era para isso que sempre estivera plantada ali. Mas agora tudo mudara. Havia uma razão a mais para que o cajueiro existisse.

De mãos dadas, os dois jovens se aproximaram da árvore, o rapaz à frente, abrindo caminho por entre os galhos carregados de flores miúdas. Sob a copa, que se fechava ante o peso das imensas ramagens, a noite era mais profunda. Mas, pelo tato, eles caminharam, determinados. Até que a mão do rapaz tocou algo. Seus dedos envolveram a matéria alheia ao vegetal, a trama tecida por mãos humanas, que balançava no escuro. Tinha encontrado o que procurava. A rede.

Diante dela, abraçaram-se, mais uma vez. A menina tremia. Sentiu a frieza da lona contra as costas ao encostar-se nela, devagar. Mas a rede acolheu-a, chamou-a — e ela mergulhou para trás. Num gesto quase simultâneo, ele se deitou com ela. No côncavo inquieto, voltaram a se beijar, as pernas se misturando, como os galhos da árvore. A menina sentiu-se inflamar por labaredas desconhecidas, como se o beijo naquela caverna ganhasse nova dimensão, de ousadia inigualável. Envoltos pelas varandas rendadas da rede, tinham um universo só deles, onde nada mais era proibido. E foi navegando naquele mar escuro que ele a tocou pela primeira vez.

Ela estava presa a um novo beijo, envolvente e morno, quando sentiu que a mão dele pousava devagar sobre seu seio. Por um segundo, ante o calor daquela palma contra os babados infantis que a cobriam, sentiu vergonha. Mas foi por um segundo apenas. Logo, a porção mulher que nela despertava cada vez mais rápido entregou-se àquele toque sem pudor, redobrando-se em movimentos que o excitaram ainda mais, como se ela também ousasse, ela também o buscasse. Aquele ondear o encorajou. A mão dele deslizou com firmeza em direção à cintura e, vencendo a curva do quadril, buscou sob o tecido a pele nua.

Uma vez estabelecido o contato, pele contra pele, a mão adquiriu a noção exata do que queria. Aproveitando-se da mínima fenda que separava as coxas, venceu resistências, driblou pressões, galgou paredes — e mergulhou. *Mão de homem*. Tocou com a precisão de quem toca um violino raro, firmeza e doçura em partes iguais, alcançando o ponto exato, da forma certa, movendo-se em ritmo perfeito, em vibração crescente, sem vacilar. Mão sábia. Movia-se com tal cadência e harmonia, que em pouco tempo a menina já se desfazia ante o calor que dela própria emanava, liquefazendo-se, perdendo a noção de quem era, de onde estava, transformando-se, toda ela, naquele único ponto, que se expandia como um quasar, numa viagem que a arrastava cada vez mais rápido, louca agonia que mal podia compreender. O delírio foi num crescendo e tomou-a por completo, até que o núcleo de sua alma desapareceu, anulando-se ante a imensidão daquele primeiro instante de prazer — um momento que, como a própria face da morte, não dá margem a engano.

E, nesse mergulho alucinado, em que se sentiu transformar em fragmentos de estrelas, a menina nem ao menos pôde gritar. O beijo, que se imprimia sem perdão sobre sua boca, manteve-a prisioneira, enquanto seu corpo, desfeito, desaparecia no céu de uma dimensão desconhecida.

AGORA, SENTIA OUTRA VEZ O CONTATO, o calor. O ponto, incendiado na véspera pela primeira vez, ardia entre suas pernas como um pedaço de brasa. A cada passo, a memória do prazer se reavivava, como um chamado.

Mal olhara para ele na mesa do café, a grande mesa da sala onde o carrilhão balançava seu braço de bronze, inexorável. Tivera medo de denunciar-se. Mantivera o olhar preso às migalhas de pão espalhadas pelo prato, desviando-o por vezes para o lado oposto a ele, prendendo-se ao acaso nos móveis em volta, na geladeira de duas portas, no aparador, na mesinha com o imenso cristal de rocha, como se neles buscasse alguma coisa perdida.

O sábado amanhecera sem nuvens, o que todos esperavam. E, após o café, tinham saído para o grande piquenique de despedida, na praia da foz. Iam todos, adultos, jovens e crianças, em grande algazarra, animados pela perspectiva de um dia delicioso. Ninguém prestara atenção ao silêncio dos dois jovens.

Parados os carros, no ponto extremo alcançado pela estrada de terra, tinham enveredado a pé pela picada que ia dar na foz do rio, as mulheres levando nos braços as cestas de vime, algumas com tampas, outras cobertas com as tradicionais toalhas quadriculadas. E fora ali, naquela caminhada, que a sensação voltara com toda a força, a memória do gozo assaltando a menina num repente, transtornando-lhe os passos. Ela respirou fundo, tentou não pensar, mas o ponto de calor crescia, começava a tomar conta dela, ameaçando anulá-la outra vez. Temia desfazer-se ali, diante de todos. Cada passo, cada roçar de pernas, cada mínimo movimento que, no caminhar, deslocava o elástico do maiô era um crepitar a mais naquele fogo sem chamas. Caminhava com os olhos no chão, o rosto felizmente encoberto pela sombra de um chapéu de abas largas, que a mãe lhe emprestara. Mordia os lábios. Suava. As gotas lhe desciam pelo pescoço e escorriam pelas costas, em cócegas que eram quase carícias.

Começou a apertar o passo, distanciando-se do grupo sem perceber, mas o ritmo acelerado incendiou-a mais, e já estava a ponto de gritar, quando, ao transpor uma curva do caminho, viu surgir o rio à sua frente. Parou, ofegante. O cheiro de lama que emanava das margens fez suas narinas vibrarem, num espasmo de prazer. E a visão das águas escuras escoando lentamente em direção ao mar, onde sal e doce se acasalavam, onde se fundiam os líquidos claro e escuro, atingiu-a num átimo. Sem esperar pelos outros, disparou ribanceira abaixo.

Nos segundos em que singrou o ar, ainda sentiu o ponto de calor expandir-se e explodir, inundando-lhe o ventre, espalhando estilhaços por todo o corpo, antes que a água do rio a recebesse em seu seio escuro. Por um momento, gozou aquele contato, os membros frouxos deixando-se arrastar. E quando voltou à tona alguns metros adiante, levada pela água, sorria, saciada. Ao longe, meio perdida no vento, ouviu a voz da mãe, que a repreendia.

Ainda demorou a chegar à margem, seus pés tocando aos poucos a maciez da lama medicinal, onde as crianças já começavam a brincar. E quando saiu da água — só então —, teve coragem de olhar o rapaz nos olhos. Ele também sorria. Compreendera.

As vagas cresciam, mais e mais. A foz do rio, cujas águas antes corriam mansas para o mar, encorpava-se com muita rapidez, a correnteza formando pequenas cristas de espuma sobre as pedras mais altas. Era a maré que subia, misturando-se ao leito do rio, num encontro de águas doces e salgadas que, se antes era suave, agora se dava num jogo de amor e ódio, como se cada parte quisesse ter o domínio, sair-se vencedora.

A tarde ia em meio, o sol incidindo sobre os barrancos que iam dar no rio e, mais adiante, sobre a areia da praia, muito branca e fina. O grupo de adultos e crianças se divertia junto ao remanso de águas paradas pouco antes da foz, de fundo lodoso. Naquela curva, o rio era um rio sem sustos. E ninguém notara a transformação da maré. Tampouco tinham notado quando os dois jovens cruzaram a foz em direção à praia deserta do outro lado.

Terminada a travessia, eles se entreolharam em silêncio. Depois, seus olhos saltaram juntos para as ondas agitadas. Sabiam que era uma questão de tempo. E em seguida afastaram-se, cada um entretendo-se com alguma coisa, ora caminhando e catando conchas, ora sentando-se numa pedra para apreciar o mar, como se estivessem distraídos. Mas não estavam.

Vinham ali desde muito pequenos. Conheciam bem os movimentos daquelas águas. Sabiam que, em pouco tempo, a maré teria subido a ponto de tornar a travessia da foz impossível. Teriam de ficar separados do resto do grupo até que a maré baixasse de novo. Só então poderiam voltar. Não demoraria muito, os movimentos da maré eram rápidos naquela região. Mas seria tempo suficiente.

Depois de um certo tempo, olharam, em perfeita sincronia, para a faixa de areia que se estendia até o horizonte. A praia, em curva, estendia-se por muitos quilômetros, limitada de um dos lados pela sombra dos coqueiros e de outro pelo mar, que mesmo na maré alta lambia a areia devagar, por causa dos bancos de pedras. Pedras que eles conheciam bem, suas superfícies lisas, seus tapetes de algas, as pequenas piscinas de água morna e transparente que se formavam, com areia no fundo. E foi na direção daquele horizonte que caminharam, sem olhar para trás.

Já eram prisioneiros da maré alta, e sabiam disso. Por algum tempo, estariam apenas os dois — sozinhos na praia deserta.

FECHOU OS OLHOS. De costas na areia macia, sentiu no sexo o beijo de ínfimas ondas, nas pernas a carícia da água quase quente. Foi assim, deitada e de olhos fechados, que ela disse a ele:

— Vem cá.

O rapaz a seu lado continuou em silêncio. Mas a menina viu que ele obedecia, seu rosto interpondo-se entre ela e o sol. Beijaram-se, muito devagar. Já não tinham pressa. Os braços de bronze do carrilhão moviam-se muito longe dali. Naquele instante em suspensão, só os dois existiam, ilhados pelas águas.

Havia naquele beijo a mesma delicadeza e tepidez do mar que enlaçava as pernas da menina, do sol que sobre ela se despejava, numa carícia. A língua que tocava a sua, a saliva morna que lhe inundava a boca pareciam multiplicar-se em outros pontos de prazer, pulsando. O calor do sol, a areia molhada e quente que a acolhia, as algas, como pequenos tufos de alface, que lhe roçavam a pele, tudo se mesclava, transformando-se também em beijo, e era como se lábios macios lambessem todo o seu corpo, envolvendo-a inteira numa sensação de prazer absoluto.

Ela, que quase nada conhecia do amor, sentia-se como se diante de uma revelação. Em algum ponto dentro de sua mente, intuía que ali se dera a química rara, a mais procurada das alquimias. Um beijo ideal, de encaixe perfeito, a materialização de uma espera que parecia existir, desde sempre, adormecida em seu peito, sem que desconfiasse. Um beijo que era fervor e assombro.

Mas ela queria mais. E abraçou-se a ele com novo ímpeto, seus braços deslizando pelas costas quentes, puxando-o para si. Queria dar-se por completo, sem reservas. Um beijo como aquele não podia encerrar-se em si mesmo. Seria injusto.

E ele, fazendo-lhe a vontade, cobriu-a com o próprio corpo. Agora eram um só, como imenso molusco que se movesse no leito de areia e pedras, ondeando. E a menina se deu ao abraço com desvario, sentindo contra o sexo a pressão do homem que latejava dentro do menino, querendo sair.

Areia e água morna pareceram amoldar-se sob o corpo dela, instantaneamente, as pernas deslizando na superfície macia para revelar o que antes escondiam. Sua oferenda para o cavalheiro de corpo infantil que lhe desvendava um prazer insuspeitado. Mais do que nunca, desejava que ele a amasse, que rasgasse de vez todos os véus, tomando-a sem medo.

Mas ele não o fez.

Beijaram-se, ainda, cada vez mais sôfregos, é verdade. Enlouqueceram juntos, juntos cavalgaram sobre areia e águas — mas não se amaram como seus corpos exigiam. E quando, afinal, se desfizeram em delírio, um sobre o outro, havia entre eles, já, a lâmina de uma distância, como se o braço de bronze do relógio pairasse entre as nuvens, avisando que chegava a hora.

ESTENDEU A MÃO E TOCOU DEVAGAR a superfície do banco do carro. Sua palma trilhou o acolchoado macio, sentindo-lhe a trama, cada mínima saliência e reentrância, como se a pele tivesse ganho novos sensores, de precisão e alcance sobrenaturais. Em torno, a algazarra das despedidas vibrava nos ouvidos da menina, mesclada ao som do carrilhão, que ficara ecoando em sua mente. Recomendações, beijos, risadas, tudo girava no ar enquanto seus olhos se mantinham fixos no rapaz, de pé, junto ao portão. O fim de semana que ela jamais esqueceria — o último — estava terminado.

O dia amanhecera nublado naquele domingo, como um presságio de despedida. E ela acordara cedo, indo tomar café antes que os outros se levantassem. Elvira, a velha negra, cria da casa, chegara junto à mesa, perguntando se ela queria que lhe coasse o leite. E parara, observando-a. A menina se movera na cadeira, inquieta. Sem pensar, fizera um comentário sobre o tempo dos cajus, apenas para quebrar o silêncio. Mas a velha continuara quieta. A menina tinha a impressão de que Elvira desconfiava de alguma coisa, como se lesse em seus olhos, seu corpo. A velha se afastara, balançando a cabeça. E a menina ficara só na mesa comprida, a garganta travada diante da xícara de café com leite, na boca um gosto de lágrima.

Depois, correra para o quarto e ali se trancara — para não encontrar o rapaz. Não queria vê-lo mais, não até o momento do último olhar, quando entrasse no carro. E era o que via agora.

Olhos negros sombreados por imensos cílios se fixaram nela, sem piscar, e apenas por um segundo vacilaram, quando, em meio à balbúrdia das despedidas, o canto de um pássaro se fez ouvir, sobrevoando a varanda num vôo rasante, súbita materialização do adeus.

DE REPENTE, ESTAVA TERMINADO. A mulher respirou fundo, abrindo os olhos, nas narinas o cheiro das flores de caju, cujo ramo ainda abraçava. Ao longe, o pássaro noturno continuava soltando seu canto triste. Ela ergueu o rosto, encarando o homem que estava de pé, à sua frente. E sorriu, sem dizer nada. Foi em silêncio que observou seus olhos escuros, o rosto sulcado, os cabelos grisalhos iluminados pela luz pálida da noite, que também envelhecia. Viu que ele continuava de pé, os braços cruzados sobre o peito, à espera.

Apaixonados. Fora ele quem pronunciara a palavra. Mas estava certo. A mulher sabia muito bem. Sabia agora, sem engano, que tinha diante de si o amante perfeito, cujas mãos guardavam para ela — e talvez só para ela — o segredo do prazer absoluto. O encontro no sítio, naquele fim de semana distante, a descoberta do prazer no limiar da despedida, quando ainda eram quase crianças, tinham sido o prenúncio do que acabavam de viver, trinta anos depois. A delicadeza da reaproximação, o despertar dos sentidos, o abraço, o beijo, os rituais do amor, tudo se fundira para levar a um gozo tão completo, que ela sentia agora vontade de prostrar-se, em agradecimento, um prazer sacralizado que talvez nem tivesse o direito de existir.

O homem continuava em silêncio, à sua frente.

E agora, o que vamos fazer — agora que estamos apaixonados? Nenhum dos dois parecia ter a resposta.

E a mulher lembrou-se, de repente, da tempestade. Das vagas que, crescendo, explodiram em choque contra o casco de um barco, arrastando-a para a escuridão. Tempestade que ela própria fabricara um dia — havia quanto tempo? — com o veneno do medo que lhe corria nas veias, ante a perspectiva do reencontro com um amor do passado, ameaçador por se ter cristalizado sem o desgaste do real, numa dimensão de sonho — onde tudo pode acontecer.

E pensou que estava agora diante de ondas ainda mais furiosas, de um mar terrível e desconhecido. Ali, com os pés fincados em terra firme, abraçada aos ramos do cajueiro, sentiu-se de repente estremecer, o frio outra vez escavando um vazio em seu peito. Porque talvez apaixonar-se fosse ainda mais perigoso do que morrer.

E assim pensando fechou os olhos.

5

Fechou os olhos.

Onde estava? Quantos dias e noites se tinham passado? Em que dimensão vagava agora, se prazer e medo, mesclados, tinham criado uma mistura poderosa, esgarçando as fronteiras e esfacelando os sentidos?

Não sabia.

Olhos trancados, moveu o rosto devagar, muito devagar — e sentiu o contato de uma superfície fria.

O que seria aquilo? O cheiro das flores, a brisa de verão, a voz do homem, tudo de repente desaparecera. Em torno, a noite estava morta. Seus sentidos também. Na estranha dimensão em que se encontrava — talvez flutuando entre vigília e sono —, apenas seu tato restara. E ela ficara só. Só com aquela matéria fria, desconhecida.

Podia senti-la com toda a nitidez, percebia sua textura contra a pele, num contato de alcance e precisão sobrenaturais.

Parecia vidro.

Ante esse pensamento, estremeceu. Que vidro seria aquele?

Podia ser a janela do táxi que a levava ao aeroporto, ou o vidro oval do avião, em seu vôo sobre as nuvens. Podia ser a janela do carro dele, daquele homem surgido de seu passado, conduzindo-a pelos caminhos de algum lugar encantado.

Mas também podia ser tudo um sonho. Talvez ainda estivesse encostada à porta de vidro de sua própria sala, diante da varanda onde — debruçada sobre o mar — ouvira o som do telefone. Não sabia. E tinha medo de descobrir.

Por um instante em suspensão, a existência daquele vidro foi sua única certeza, alguns centímetros de superfície fria ardendo contra a testa — âncora, porto e placenta. Precisava agarrar-se a ele, era seu prumo. Nada a faria descolar-se dali. Era, naqueles segundos, a única evidência do mundo real. Mesmo que tudo o mais tivesse desaparecido, o vidro existia. O universo existia — e, dentro dele, o vidro —, um universo feito de moléculas, átomos, núcleos, e não da matéria impalpável do delírio.

Os sonhos têm carnadura própria, pensou. São por vezes enganosos, excessivamente reais. Formados por um tecido espesso, que cega e engana, rompem as linhas delicadas que nos mantêm lúcidos. Somos todos loucos quando sonhamos.

A mulher sabia muito bem. Conhecia os perigos de oscilar entre dois mundos — pode-se resvalar e nunca mais voltar.

Nós, escritores, somos assim. Sofremos de uma espécie de esquizofrenia. Vivemos possuídos, mergulhados em devaneios que nos arrastam e envolvem até não sabermos mais onde estão as divisas, quem somos e onde pisamos. Muitas vezes, deixamo-nos mergulhar de propósito, para fugir à aridez dos dias, ao medo da morte — à certeza, que nos acompanha sempre, de que caminhamos em direção ao fim.

Fora por isso, talvez, que ela começara a escrever. Sua sensação de inadequação diante do mundo, a solidão, a inexistência de canais através dos quais se comunicar, tudo isso a impelira a fugir, a deixar-se levar por caminhos desconhecidos, de mãos dadas com pessoas que ela própria criava, misturando-se, vivendo suas vidas, sentindo seus impulsos, amando e sofrendo com elas, dando-se a essa promiscuidade de forma tão completa e com tal intensidade que se tornasse impossível saber se era das personagens ou de si mesma que falava. Por isso, tudo o que escrevia era tão autobiográfico. Porque ela própria decidira destruir as fronteiras.

Mas agora sua história chegava ao fim — e ela precisava encarar a verdade. Moveu-se um milímetro mais. No rosto, sentia ainda a superfície separando os dois universos entre os quais se equilibrava. E foi então que outro sentido veio reunir-se ao tato, como a chamá-la. Pensou ter ouvido, ao longe, o piado de um pássaro. Apurou os ouvidos. Esperou.

Sim, não se enganara. Novamente lá estava, um canto sofrido, metálico. Talvez fosse a ave noturna de seus sonhos, ou talvez os pássaros que voejavam sobre o mar, diante de sua varanda, todos os dias. Não sabia. Mas agora compreendia que, um a um, seus sentidos iriam despertar, até que ela não mais pudesse fugir, até que fosse impossível adiar o momento da revelação.

Era isso. Estava chegando a hora.

Suspirou, tomando coragem. Era melhor acabar de vez com aquela agonia.

— Vamos, abra os olhos — disse em voz alta.

E a ordem cerebral, mais rápida do que a luz, percorreu os canais em direção aos músculos das pálpebras, que vibraram, num primeiro estremecimento. Seus olhos obedeciam.

Agora, a mulher vai conhecer a resposta. E saber onde está, que mundo é esse que a rodeia, para além do pedaço de vidro, sua fronteira de cristal.

Verá se ainda vaga pelo mundo impalpável do sonho, onde tece e retece seus próprios contos, temendo encarar a caminhada para o desaparecimento, que se acelera. Ou se conseguiu transpor a divisa do medo e viver por fim a paixão tardia, a aventura terminal — sua última chance.

Quando seus olhos se abrirem, ela vai saber.

Este livro foi composto na tipologia Minion, em corpo 12.5/18,
e impresso em papel pólen bold 90g/m²
no Sistema Cameron da Divisão Gráfica da Distribuidora Record